ヒント
100
役立つよ

ヒント
100

ヒント
100
役立つよ

うおつか流

あぶないニッポンで安全に暮らすためのヒント

暮らし革命家

魚柄仁之助

日貿出版社

はじめに

座頭市を知ってるかい？　若き日の勝新太郎の当たり役映画ですな。居合の名人だが目が見えない。仕込みづえで道を探りながら、へっぴり腰で歩いておりました。おせじにもかっこいい歩き方ではないが、若き日の少年仁之助には「人生の落とし穴」を探る、実に安全性の高い歩き方に思えたんでした。

今日のニッポンは危ないことだらけであります。もはや安全な国とは言えませんぞ。

文明の発達とともにカード犯罪・サギなども新手が続々と出現するし、人と人との関係作りも複雑になってきて、ささいなことでのトラブルも多発するようになってきた。二十一世紀に入ってからの、新聞・テレビ等の報道をチェックしてみると、ほんとに、ちょっとしたことで人を殺してしまったり、とんだ事故を引き起こしてしまった例が山ほどある。二〇〇六年十二月十三日、東京に住む四十代の会社員が重過失致死容疑で書類送検された（同二十一日付　日本経済新聞夕刊）。「雨が降ってたので、帽子を目深にかぶって」自転車に乗っていて八十代の女性をはね、死なせてしもうたそうな。今後、民事でとんでもない損害賠償を命じられることでしょう。もはや「過失」なんて言ってられん。ひょんなことで、悪意もないのにアナタは一生涯、人を殺してしまったということを背負い、賠償金を支払わなきゃならんのです。雨の中の自転車、これが人生の落とし穴になっちまったんですねえ。そんなツライ人生を送りたいですか。あたしゃ、やだなっ。

一メートルの定規を見詰めてみよう。一センチを一歳とすると五十歳のこのおいさんは、ちょうど真ん中ですね。ここまでの五十年は落とし穴に落ちずに生きてこられたが、この先も大丈夫という保障は無い。できることなら事故や事件に巻き込まれず、友人たちと楽しく生きていきたいものであります。そのためには、座頭市のようにみっともない歩き方でもいいから、落とし穴に落ちぬような生き方を選んでしまうのです。

食の安全問題、お金を失わないための安全策や、殺されないための安全な人づきあいetc……。我々の日常生活に隠れ潜んでいるアブナイことを取り上げ、アブナイを減らすための生活術を考えてみたのが本書であります。

あたしゃ十四歳のとき、左目に針金が刺さって失明した。もう、再び左目は見えませんの。その後、三十数年間、アブナイを遠ざけつつも楽しく、かつ、もうかる生き方を通してきたですよ。アブナイニッポンで安全に暮らしたかったら、ぜひ参考にして、シヤワセな人生を送ってほしいのです。

二〇〇六年 十二月二十四日　　魚柄 仁之助

目次

いただきます。

ひとりご飯入門

食に関する31のヒント

成人としてこれだけは

一九八四年に、未来社から『十代に何を食べたか』という本が出版された。本多勝一さんをはじめとする各界のかたがたが、自分の食の体験をつづったもので、とても素晴らしい本だった。それが二十年ぶりにリニューアル版を出すことになり、なんと‼　この私にも執筆依頼が来たんですよう。一応料理屋の息子ですから、何ぞ立派な食体験でも……と思ったんだが、これがイカンです。十代でバーに行くわ、キャバレーでバイトするわ、こんなことを書いたら載せてもらえんのじゃないか。ちょいと不安になり、いま一度、十代の食について、そして今はやりの「食育」について考えてみたですよ。

ズバリ、食育って何？　これです。世間ではよく食育という言葉を使っておるが、どうなればその食育が成功であり、失敗であるのか。それを見極める尺度があるのか。自動車の運転免許なら、九十点以上なら○、以下なら×と、分かりやすいが、食育の場合、○なのか×なのか、だれか分かる人がおるのだろーか。食生活研究家としてこの食育の完成の形を考えてみたんですな。あたしゃ。

その結論。社会人になったとき、自らの食生活を栄養面、経済面で充分に満たせるだけの知識、技術を身に着けることである。親元離れて一人暮らしを始めたとき、カップ麺やコンビニ弁当ばかりになり、体調を壊すようでは食育できてるとはいえますまい。ついめんどくさいから……、朝に弱いから……と言っては、連日外食をし、朝食は抜く。それでも二十代から三十代半ばくらいまでは何とか体がもつ。少々ムチャをしても若いうちなら一晩寝れば回復するもんだから、「食事なんて大したことないって……」と甘く見てしまう。これ、食育の失敗型です。

二十代くらいまでなら親から頂いた体に備えた力で何とか健康も保たれるものなんです。しかしその預金も三十代で使い尽くしてしまうようですぞ。自分の健康や経済を自分でコントロールできる力を身に着けさせることが「食育」でありましょう。親元離れてからの三十二年間、ずっと自分の食生活をコントロールできてきたから自分としては食育、うまくいってんじゃないかと思っております。

ではその食育がうまくできたと、今日、思っておるこのおいさんが、十代にどんな食生活をしておったのか。詳しくは平凡社刊『新編　十代に何を食べたか』（二〇〇四年）を見ていただきたいが、ただ、一言で言うなら、清濁併せて食体験をすることが十代の食として大切なことなのです。

ボケ予防には家事がいい

以前、『台所リハビリ術』（飛鳥新社　二〇〇五年）という本を書いた。リハビリといっても寝たきりの人が起き上がれるように行うものではなく、ボケず、寝たきりにならないための、いわば転ばぬ先のつえとでもいうようなリハビリ術を取り上げました。つまり、元気でピンピンしているうちに台所仕事を進んでやる習慣を着けておくと脳の活性化にも役立ち、程々の運動にもなるということですな。ややこじつけのように思えるかもしれんが、毎日料理を続けるということは頭のトレーニングとしては非常によろしい。

一、何を食べようかと考える。二、買い物に行く。三、食材は自分の判断で買う。四、帰ってから料理の段取りを組む。五、合理的な手順で作る。六、味覚、嗅覚、視覚などをフルに使う……。

こんなことを一日二、三回やっておったら早々ボケてはいられない。名人といわれたような有名調理人は大概長生きしてるし、高齢になってもバリバリ仕事をしている人が多いのです。家事全体を見ても、ボケ予防に役立つものが多いが、料理は最後にうまいかまずいかというジャッジがある分、気も張るのです。しかも人間であれば一日に一度から三度は食事をしなけりゃならん。つまり食事をしないってことはまずありえないから嫌でも毎日やることになる。ジョギングは十日休んでも死なんが、食事を十日休めば命がアブナイ。毎日、嫌でもやらなきゃならないことをボケ予防、寝たきり予防の手段としてしまえば持続させるのに都合がよいのです。

一九九四年に『台所リストラ術』（農山漁村文化協会）を出版して以来、うまくて安くてエコロジーな料理をする変なおじさんと呼ばれてきたせいか、昨今はやりの男女共同参画事業の講師として呼ばれることが多くなってきた今日このごろです。男ももっと家事・育児をやりましょう!!　と働きかける人たちから見ればいい見本なのかもしれんが、講演ではフェミニストみたいなことは言わんのです。

「ボケたくなければ料理が一番」これですな。「定年になってよう、おうちで奥さんの作るご飯を三食食べてよう、ポケーッとしてテレビばっか見とったら、あっちゅう間にボケてしまうどー。奥さんはよう、買い物したり、献立を考えたり、料理をして、ボケ予防してんだぜ。これじゃ、アンタのほうが先にボケたり寝たきりになり、ポックリいって、アンタの退職金も、死亡保険金も奥さんのものになってだねー、奥さん、その お金で若いホストくんとよー、バラ色の老後……。我慢できるかあ？　だーかーらー、料理するんぢゃ」と言っておるのです。

ひとりご飯入門

「三十代の一人暮らしの会社勤めの女性向けに食生活指導をしてください」といったインタビューを受けた。また「熟年シングルにもできる実践的台所術を話してください」というのもよく来るんです。会社勤めの女性のほうは、朝食抜きで、昼は会社の近くのランチ、夜は仲間と居酒屋で腹を満たすか、コンビニ弁当。熟年シングルのほうは、ほとんどが定年になった一人暮らしの男性でして、これまで、台所に立ったこともない人なんですね。これらの人に本格的な料理なんてまどろっこしいことはやってられんし、そもそもやる気もなかろう。そんな人たちの食改善は朝食に絞るにかぎるのです。それもトコトン手間を省いて……。

電気炊飯器はせいぜい三合炊きくらいの小型を使い、夜のうちに米と大豆と押し麦をといで水加減をする。炊飯器に内釜を入れたら、生卵、丸ごとのにんじんや、さつまいもなどを米の上にそっと置く。そして明朝の食べる時間にセットしておく。これで目が覚めたときには大豆と押し麦の入った栄養価の高いご飯と、カロチンやビタミンたっぷりの蒸し根菜、そしてゆで卵ができてるってことになる。

夜のうちに準備するのは炊飯器だけではありません。鍋に小さく切った昆布と煮干し二本を入れ、里芋とか、かぼちゃなどの具を切って入れておく。朝までに昆布、煮干しのだしがしっかり出ておるので、後は火にかけること五、六分。そこにカットわかめを入れ、みそを溶けばみそ汁になりましょう。ここまででも食生活改善になりますが、もう一つレベルを上げられるのが「出すだけおかず」の常備です。

出すだけ、だから包丁要らず。例えば、納豆、梅干し、ちりめんじゃこ、焼きのり、たらこ。これらは本当に出すだけでおかずになるし、カルシウムなどミネラルの補給に役立つ。

食後のお茶は電気ポットで沸かしとけば済む。そして最後にデザートとして、みかんなり、りんごなりを食べれば、まずは合格点でありましょう。理想をいえば、昼、夜もちゃんとしたものを作って食べるに越したことはないが、まずは朝食をきちんと食べる習慣を着けるのが食生活改善の第一歩であるのです。

料理教室で平目の五枚おろしを習ったり、プロが使う包丁セットや鍋をそろえたりしてもそれがきっかけとなって食生活改善できるものではない。料理教室は趣味の場。プロ用道具は自己満足の道具フェチ。それより短時間で安くうまく充実した内容の朝食を作れるシステムを身に着けることが本当の食生活改善になるのです。

串揚げは合理的

串カツとは違うのです。豚肉も使えば鮭も使うし、ウインナ・ソーセージも、じゃがいもも使う。食材を一口大に切って三、四個を串に刺し、衣をつけて油で揚げたものが大阪の串揚げでして、基本的には立ち食いをするものでしょう。JR大阪駅にくっついてる阪急梅田駅。講演のため朝九時に降り立ったおいさんは地図を見ながら待ち合わせの場所へと歩いておりました。と、そこで見たのがスーツを着た五、六人のダークダックス風後ろ姿……。つまりサラリーマンが五、六人、やや横向きになってノレンの向こうに立っておる。どー見ても立ち飲み屋なんだが、朝九時に飲むのだろーかと思ってのぞき込んでみたら、なんとコップ酒を飲んでおる。しかし酒を飲むよりも彼らはひたすら串揚げを食べておったのです。注文に応じて揚げるのだが、すでに食材を串刺ししてあるので、後は衣をつけて揚げるだけ。だから早けりゃ四十秒くらいで揚がっちゃう。この揚げたてを、どんぶりにたっぷり入ったウスター・ソースにドボッと浸し、バフッとほおばる。そしてすかさずちぎったキャベツを一枚食べる。そして酒をグビッ。どのサラリーマンもすさまじい勢いで四、五本は平らげ、一合の酒を飲み干すのに十分とかからん。朝から酒……って、ホームレスの集まる街などではよく見るが、出勤前というのはなかなかあるまい。恐るべし関西サラリーマンなのです。

この大阪の串揚げというものを、丸一日、場所を変えて観察してみたところ、すこぶる合理的な作り方であることが分かった。ポイントは「いかに素早く揚げられるか」にあった。食材に早く火を通さねばならんから肉類は割と薄目に切る。じゃがいもなどは一度ゆでた物を使う。事前に串に刺して並べておく。そして、実際に揚げるときは右から左への流れ作業なのだ。一番右に串刺しの山。そこから左右の手で二本つまみ、すぐ左の水溶き小麦粉にドボッとつける。引き上げたら、左のパン粉のバットで串を転がしてパン粉をまぶす。それを左のフライヤーの油にドボン。割と浅目のフライヤーだから次々と入れられる串に押されて、先に入れられた串は左へと移動する。左端に来たのを引き上げて客に渡す。こんな作業が一分以内で行われておる。最も合理的だと思ったのが水溶き小麦粉でして、フツーの串カツみたいに、まず小麦粉をつけ、続けて溶き卵、パン粉とつけるよりはるかに速く、衣も分厚い。一見貧相な薄い肉もボリュームが出る。こりゃ五、六本でけっこう腹にたまるわ。早い、安い、腹膨れる、正に関西人らしい食べ物が串揚げだったんだ。

太らない豚カツ？

おいさんの仕事場には千冊を超える料理本があります。古いのは江戸時代以前の物もあるが、大半は大正—昭和（戦前戦後）の物です。これらの文献を見ていると日本人が何をどのように食べてきたのかがよく分かる。今日、食の乱れという言葉をよく聞くが、何がどうなってその食の乱れになったのかを検証しないと現代を語れないと思っております。今日も今日とて古本屋で昔の料理本をあさっておるのです。

こんなことをやってると、例えば、豚カツにしても今日の形になるまで変化があったと分かるんです。そもそも明治の初期に欧米の食文化が入ってきたころが、豚カツの始まりなんだが、当時の本にはカットレットと表記されておる。肉は牛肉、豚肉、鶏肉といろいろ使っております。その後、主に豚肉を使うようになってから、豚カツという和名がついたそうだが、この豚カツなるもの、今日とはえらく違うシロモノだったんだわ。

何が違うってその肉の厚みが違う。近ごろの豚カツは肉の厚さが十ミリ—十五ミリ、中には二十ミリもの厚さがある。分厚い豚カツを出すことがいいこととされておるのだろうが、昔のカットレット、豚カツは随分と薄いのだ。五ミリくらいの厚さに切った肉をビール瓶でたたいてさらに薄く伸ばす。ということは肉はまるで豚バラ肉スライスみたいになるんですな。これに塩、コショーをして、小麦粉、溶き卵、パン粉の順につけて、ラードで揚げる。これが昔の豚カツでして、昭和四十年ごろまではこういった薄いカツが主流だったんですね。その後、景気のよさに後押しされ、ゼータクな厚い豚カツが主流になってきたし、揚げ油も今日ではほとんどが植物油でしてラードはごくごく少数派になっております。明治から平成に至るまでに豚カツの肉は厚くなったわけだが、食べてみると薄いカツのほうがサクサクしてうまいと思う。特に、カツサンドなんざ厚い肉はよろしくない。あれは薄い肉にかぎる。それに厚い豚カツは肉が多すぎて高カロリーになりがちです。薄い肉に衣をつけて揚げた豚カツのほうが低カロリーだし、あっさりしていてうまいと思う。うちではカツどんにするときもこの薄いカットレットを揚げ、ザク切りにしてたまねぎやねぎと一緒に卵でとじておりますが、カツどんにありがちな「胸いっぱい」的しつこさがなく、あっさり食べられるのです。一人前五十グラムでできる薄カツ、お試しあれ。

かんたんヘルシー豚カツの作り方

2人前

材料はこの三つに

水溶き小麦粉 適量

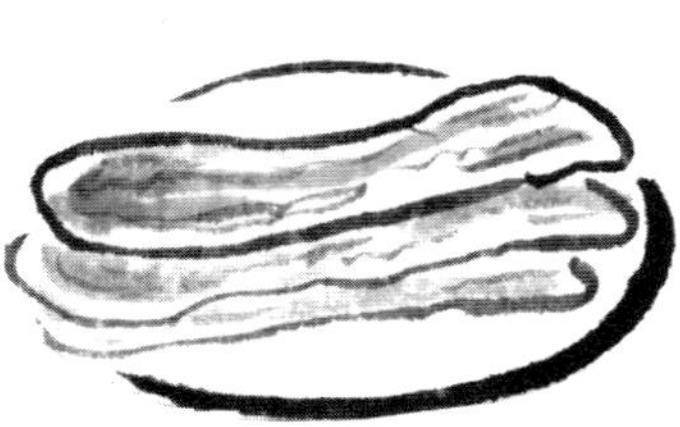

軽く塩をした豚バラスライス 3枚

パン粉 適量

(一)
豚を半分に切る
(二)
水溶き小麦粉に表裏つけて
ぴた
ぴた
(三)
パン粉をつける
(四)
好い加減の熱した油の中にそっと入れる
(五)
薄いからスグ出き上がるよ
サクサクデ
美味いよ～

長寿の食

人間だれしも死ぬのはイヤだろうが、いずれは死ぬ。しかしそいつはできれば先延ばししたいもの。だから長生きしようとあれこれ努力をする。その中に食生活も関連している、と人は考える。長生きしてる人はどんな食生活を続けておるのだろう？　実に素朴な疑問ですね。人間、考えることは同じらしく、日本にも世界にも長寿と食の研究をする人はたくさんおります。日本人では家森幸男先生（京都大学名誉教授）が有名どころでして、先生は世界中の長寿、短命、両地域を調査し、そこの人たちがどのような食生活をしてきたのかを、トコトン研究しておられる。家森先生によると、もともと長寿者の多かった沖縄の人たちが海外に移住し、その土地の食習慣に切り替えたら、途端に短命になったというデータもあるくらいだから、食の内容が寿命に及ぼす影響は確かにあるようだ。

おいさん自身も一九七五―九〇年の間に何度も沖縄へ行き、長寿者たちの食習慣を調べてみたです。このことは以前の本に何度も書いたので中身は省略するが、基本的には「ありきたりのものを少なめに食べる」というスタイルでありました。これら長寿村、短命村の食の調査から食と寿命との因果関係は見えてきますが、この結果の受け取り方が今日ではちょぃと変!!　長寿者が食べていた物＝長寿食。つまり、それをマネすれば長寿者になれる、といった図式に流されてはいないだろうか。

長寿か短命かを左右するのはなにも食事だけではないでしょう。いろいろな要因がそこにはある。何と言ってもまず遺伝的要素ですな。ストレスもそうだし、労働内容、気候、出産……。とんでもなく多くの要因がある中の一つが食習慣です。食の内容さえ変えれば長生きできるような「長寿食」という言葉の裏には、何か健康食品販売会社が控えておるようなおらんような気配がする。

けんたん家といわれ、よく食べ、よく飲んでた王貞治さんが胃ガンで胃を全摘した。一説にはＷＢＣのストレス、またホークス監督としてのストレスによるものか、ともいわれてます。もしかしたら食習慣よりストレスのほうが寿命に大きく関係するのかもしれない。以前、友人の奥さんがガンで亡くなったとき、そのストレスで友人もげっそりやせ、本当に死ぬんじゃないかと心配させられたこともあった。長寿者の食習慣から学ぶものは多いけれど、マネすりゃアンタも長寿者……になれるかどーかはワカランです。クヨクヨせず、特定のものばかり食べず、少量多品目で腹八分、よく寝て体を動かして脳みそもよく使うことが短命になりにくい生活習慣になると思っております。

まっとうなダイエット法

もう百年以上も昔の、米国でのお話です。アメリカン・ドリームそのもので大富豪となったフレッチャーというかたがおった。大富豪だからごちそうが多く、大肥満へ、とお定まりのコースですね。しかし、太り過ぎのため、生命保険を断わられ、「こりゃイカン」といろいろな治療を受けてみたが、一向に体重は減らない。そんなとき「食べ物をよく噛んで食べると健康になれる」ということを他人から聞いたので実行してみた。なんと、一口入れたら八十回くらい噛んでおる。八十回も噛めばどんな食べ物もドロドロになるし食事時間も三十分はかかる。

こんな食生活を四か月続けたところ、体重九十四キロが七十三キロに、ウエスト百五十センチが九十二センチになってんですね。

フレッチャーさんに言わせると、一回に食べる量が以前の三分の一以下で満腹感に達したそうだ。そのうえ、一日三食が二食で済むようになった。体調はよくなり、仕事の能率も向上し、あまり疲れを感じなくなった。また、食べ物の好みにも変化が生じております。肉類はよく噛んでるうちに不快な味を感じるのでだんだん避けるようになったが、野菜は噛んでいるうちにうまみが増すので大いに食べるようになった（参考資料：井上兼雄講述『決戦下の食生活』國民圖書刊行會　一九四四年）。

　この、ただひたすら噛むという何のヘンテツもない食べ方が、本当は最も優れたダイエット法なのですな。太っている人の食事を見ていると、得てして早喰《ぐ》いである。人間が満腹感を感じるのは脳の中にある満腹中枢ですが、そこが「満腹である」と感じるためには血中糖分が高まらなければならない。普通、食べ始めてから二十――二十五分たたないと血糖値がそのレベルにならないそうだ。だから、早喰いしてると必要な量はすでに胃に入ってるのに、脳は満腹を認識できない。だからつい食べすぎる、といったメカニズムなんですね。そして、もう一つ言えることは、よく噛むか噛まないかで、味の感じ方が異なるということだ。白いご飯を二、三回噛んだだけでは、ほとんど甘味は感じないが、十――二十回噛むと、えらく甘さを感じる。どんな食べ物でも、噛むほどにだ液アミラーゼと反応して味を強く感じるようになるから、濃く味付けしたもの、一口、口に入れるだけでうまみがパーッと広がるようなシモフリ肉などは、噛んでるうちに気持ち悪くなり、やがて食べなくなる。つまり、ダイエットしたければ、軟らかくて味が濃い食べ物を早喰いするのがイカンのだということです。ちなみにダイエットに成功した米国のフレッチャーさん、その後はフレチャーイズムという講演会でまた稼いだんですと。

お土産には海藻を

全国各地を講演して回ってきたが、基本的にお土産というものは買わないし、極力頂かないことにしております。荷物が重くなるのがイヤなんですな。それに、買って帰りたいものもあまりない。うまいものは現地で食べればいいのです。そんな中で、海藻だけは例外として買っております。わかめ、ひじき、もずくなど、同じように見えても海岸線の変化、潮の流れなどで味に違いが生じて面白い。日本全国、星の数ほどある海藻の中で、ほぼ戻すだけで食べられるという乾燥海藻を取り上げてみました。

まずは三重辺りで取れる「めひび」。わかめの胞子嚢《のう》のことなんだが、わかめってのが動物のような植物でして……。わかめの分泌した粘液中には何十億ものタマゴがあり、これが岩にくっつき、芽が出てきてめかぶとなる。これを刻んで天日乾燥させためひびが八十グラム五百円くらいで売られている。小鉢に少し取り、熱湯を少々かけると立ちどころに軟らかく戻る。後は酢で味付けするだけ。乾燥ネバネバ系の王者のようなおいしい海藻です。次にとてもマイナーだが、なかなかうならせてくれる「まつも」です。三陸名産の珍しい海藻でして、サッとあぶると鮮やかな緑色になる。これも熱湯でネバネバとなり、そのままでもうまいがキューリなんぞと酢の物にするとよろしい。何でも高血圧を抑制するアラギン酸がどーたらこーたらと店のおじさんは言ってたが、何であれうまいのは間違いない。

下手すると「もうタイヘーン!!」なのが沖縄で買った「乾燥もずく」。熱湯をかけると五分で戻るのだが、戻り方がハンパじゃない。どう見ても二十倍以上に膨れるのです。だから使うときは大きなどんぶりに、ごく少量の乾燥もずくを入れてから湯をかけることだ。塩もずくとは確かに一味違う。酢の物もいいのだが、天ぷらがまたよろしい。

その他にも福岡で買った「乾燥糸わかめ」、酒田土産の「焼岩のり」、福井の「とろろ昆布」、東北人のよく食べる「ぎばざ」、沖縄や九州の「あおさ」に、千葉の「ふのり」、中にはネバネバでないのもあるが、戻してフライパン焼きや、天ぷらにするとうまいものでした。どこにでも売ってるのが昆布を細かく刻んだ「納豆昆布」。これらのすぐに戻るネバネバ海藻をお土産に買って帰り、毎日食卓に載せておるのです。プラスチック・カップに入ったためかぶやもずくを買ってプラゴミを増やさんで済むんですぞ。そのおかげか、一向に頭髪が薄くならん……のは多分母親の遺伝でしょうな。

二十一世紀の食べ物

マヨラー。最初は何のことやら分かりませんでした。迷子になった子供のことやろかと思ってたら「何にでもマヨネーズをかけて食べる人」のことだった。なるほどな。言われてみると世の中、マヨラーが増えてるように思われる。昭和四十年ごろは生野菜のサラダやハムにちょこっとつける程度でしたが、今や、お好み焼、たこ焼にたっぷりつけるのが当たり前になってしまった。変なところでは生卵ご飯にマヨネーズとしょうゆをかける人もおる。「オムライスやカレーライスにドバッとかけるとマイルドになる」と言う人もおった。まあそれだけマヨネーズが日本人の食卓に受け入れられてるってことですな。このマヨラー現象にまゆをひそめるかたがたもおります。和食の味の分からんやつだとか、食文化の破壊者だとか嘆く人もおるのです。しかし一概にそう言いきれるのだろうか。マヨネーズが和食の大切な何かを本当に壊しておるのだろうか。あるとき、和食の代表ともいうべき「さしみ」にマヨネーズをつけて食べてる子供を見て考えさせられたんでした。

まだ十歳そこそこの男の子が、まぐろやいかのさしみに、マヨネーズとしょうゆをつけて食べておる。両親は「おやめなさいっ!!」としかってるんだが、この子は「おいしいんだも～ん」で馬耳東風。「おさしみはしょうゆで食べるものです」と、何度ママが言ってもマヨネーズをやめない。見ていたこのおいさんは「この子、間違っていないんじゃないか」と思ったですよ。マヨネーズは、卵黄＋サラダ油＋酢＋塩＋香辛料で成り立っている。つまり、卵のタンパク質に酸味と塩味が加わって、油で乳化した、粘りのあるソースである。とするとだ、和食で使う酢みそと似ておるではないか。大豆のタンパク質に塩分が加わったみそを酢で緩め、練りがらしを加える。酸味に塩味でトロリと粘りもある。いわば、酢みそって和風マヨネーズではなかろうか。そう考えると子供がまぐろやいかのさしみにマヨネーズをつけたのもうなずけますな。まぐろ、いかのさしみに酢みそをかけてあえた料理をワシらは「ぬた」と言ってるではないか。この子はぬたを食べておったんだ。一概にマヨネーズを和食の敵とは言えませんぞ。中にはあらゆるものにマヨネーズをかける極端な人もおるが、その人は単にマヨネーズそのものが大好物なんでしょう。そんな人に和食だの食文化など言っても無駄だわ。でもお浸しやさしみにマヨネーズを使うことくらい、おいさんは「あり」だと思っておるのです。

鯨が魚を食べ尽くす？

国際捕鯨委員会において捕鯨賛成国数が反対国数と拮抗してきたのが二〇〇六年です。一九八六年から、商業捕鯨を禁止しておったのですが、これで何年か先には再開されるかもしれんのです。くじらの生息数が減ってきて、これ以上の捕鯨は種の絶滅にもなりかねないということで八二年にはモラトリアム（一時停止）が国際会議で採択された。その後、くじらの生態、生息情況を科学的に調査するための捕鯨を続けたのは唯一日本だけでして、くじらに関するいろいろな実態が分かってきた。プランクトンばかり食べるくじらもいれば、人間同様、いわし、さば、あじ、いかなどを食べるくじらもおる。それもケタ違いの量を食べておるのです。

そしてその生息数も減少どころか、飽和状態を通り越して激増しつつある種類もある。南極海での調査によると、ミンクくじらは七十六万一千頭（九一年）、まっこうくじらは十二万八千——二十九万頭（九四年）だったが、しろながすくじらは千二百六十頭（九六年）とある（二〇〇〇年 国際捕鯨委員会科学委員会資料）。ミンクの七十六万頭は海の生態系バランスから見るととんでもない過剰繁殖なのだそうだ。ミンクは小型で動きが速く、エサを捕獲しやすい。また、若くして生殖力を着け毎年一頭は出産する。だから放っておけば激増する。しかし大型のしろながすは体長二十数メートルだから動きがのろいうえ、数年に一頭出産する程度なのでなかなか増えない。また、ミンクと同様のエサを食べるため、ミンクが激増したからエサ不足となり、一向に生息数は上向かん。つまり絶滅しそうなしろながすを保護するには、ミンク減らしが必要なんだ。

くじらの年間捕食量は、約二億八千万―五億トンといわれている。これは全世界中の人間が食べる魚の量の三―六倍になるそうだ。食糧不足の時代に向けて、ちょいと考えにゃならんのがくじら問題のようですぞ。

さて、日本で行っている調査捕鯨（主にミンク）で捕ったくじらの肉は販売し、その売り上げで翌年の調査費を賄うのだが、近年鯨肉が思うように売れていない。まず値段が高いってこともあるが、それ以上に鯨肉を食べる習慣が約二十年間途切れたことで、それほど食べたいとも思わん人が多くなったんだろう。しろながすなどは六〇年代にすでに捕鯨禁止になってるので、絶品といわれたしろながすの尾の身の味を知ってるのは現在五十歳のこのおいさんの世代が最後だろう。それも捕鯨基地の近くで生まれ、料理屋育ちだったから食べられただけのこと。ほとんどの五十歳以下はその味を体験していない。二〇〇七年以降、鯨肉価格は必ず下落するが、人々は早々飛びつくまい。一九八六年以前と比べて、町には鯨肉よりおいしい食べ物がごまんと並んでいるのだから。

おいしい魚のありか

一九七五年、生まれて初めて築地市場の中に入った。それまでは北九州の総合卸売市場くらいしか知らなかったので、その大きさや量にぶったまげたんでした。見たことのない魚介類が山ほどあり、何時間見てても飽きることはなかったです。一流の料亭から小料理屋、すし屋などの親父さんたちが朝の五時、六時からひしめき合っている姿は、さすが日本の台所‼ってな感じであったのです。これでも一応、大正七年創業の料理屋生まれですから、うまい魚を食べたいときには早朝の築地に通うようになったんですね。冬になればふぐを仕入れに行き、ビンボー宴会の日には、まぐろ屋で、どでかい本まぐろの頭をタダ同然で分けてもらっておったのです。思えば二十代から三十代の約二十年間、築地でいい魚を仕入れて食べまくっておったんですが、一九九五年ごろから、どーも様子がおかしくなってきました。築地、つまり公設市場を通さずに魚介類を流通させるシステムがあちこちで生まれてきたんです。

特に二十一世紀に入ってからは市場外取引がますます増え、鮮度のいいもの、数の少ないものなどは市場に集まらなくなってきた。

こうなってきた理由の一つはスーパーによる浜買いが挙げられます。バイヤーが漁協と直接取引することで中間マージンをカットでき、より安く売れる。そして通信技術、冷凍技術、輸送技術等の進歩が挙げられる。何日にどの船が、どの漁港に何を、何トン水揚げするか。こんなこと、インターネットで日本中の情報すべてが分かる。気仙沼で揚がったまぐろを築地に運んでセリにかけるといった手間と時間が省けるから鮮度もよく、運送コストも低い。近年では東北や北海道の漁協がネット上の市場で魚を売っています。東京のすし屋がネット注文を出すと翌朝のクール便で届く。

関さばや九州の海うなぎなどの珍しい魚ばかりを扱う鮮魚店も、客は全国の高級料亭であるそうだ。

実は二十一世紀に入ってからというもの、築地に行く回数がめっきり減ってしまった。築地に行っても外国からの冷凍輸入物が目立つようになったたし、都内には活魚を置いてる魚屋も現れてきたから、行く必要がなくなってきた。高級料亭も活魚専門の無店舗業者から直接仕入れるようになり、築地に仲卸の店を構えるメリットもだんだんなくなってきたので、数年後移転する豊洲市場についていく築地業者は少ないことだろうと思う。「うまい魚は築地」という日本の常識も、流通の変化によって過去のものとなったんです。

ヘルシーなソーセージ

ソーセージって、そもそも豚肉を細かくして、それを豚の腸に詰めた物でしたが、わがニッポン人は、なんと魚肉で作ったのです。全国的に広まったのは、戦後の昭和二十七年ごろでして、私の生まれ故郷、北九州にあった日本水産株式会社戸畑工場は、かなりのシェアを占めました。

この魚肉ソーセージの歴史とほぼ同じ歴史を踏んできたのが私でして、五十年間、共に歩いてきました。妙な親しみから調べてみたんですが、魚肉ソーセージ誕生の陰には学校給食の存在があったんですなあ。

もともと、わがニッポン人は、米のメシを食べておったんですが、先の戦争直後は、とんでもないくらいの米不足でした。それを補うべく全国の小学校で学校給食を行い始めたが、いかんせん米が無い。そこに届けられたのが、米国で余りぎみだった小麦粉です。これをパンにして給食で使った。日本人が今のようにパンを主食とするきっかけは、ここにあったといえましょう。そして、このパン給食が魚肉ソーセージを生み出した原動力でもあったんです。米のメシならばちくわもおかずになろうが食パンとなるとちくくわは……。そこでちくわに似た形のソーセージにしてみた。魚のすり身にラードや香辛料を加えてみると、なるほどソーセージっぽい。パンにも合う。こうして一気にスターダムに昇ったんでした。

しかし、この魚肉ソーセージも世の中が物質的に豊かになってくると本来の豚肉ソーセージに押されぎみになってくる。そうなると世の中冷たいもんでして、魚肉ソーセージを「ニセモノ」呼ばわりするんですなあ。それが一九八〇年代のことでしたが、九〇年代から二十一世紀になってくると、これが再び見直され始めたのです。ズバリ「ヘルシー・フード」。低カロリーである。また、欧州を中心に大パニックとなったＢＳＥ騒動で、牛や豚に代わる動物性タンパク質が求められるようになった。現在、欧州へ向けて、魚肉のスリミ食品がどんどん輸出されておる。カニカマなども欧州では人気者なんですな。「スリミ」がすでに国際語ですぞ。

もともと、パン給食用として開発された魚肉ソーセージが、今日、安全性の高いヘルシー・フードとなってしまった。同郷人として、うれしいのぢゃ。

いわしが取れなくなったら

日本人の魚離れが進行してきた……と一九八〇年代からよくいわれております。はし遣いが下手で身を骨から外せない人が多くなったので、なんと骨を取り除いて元通りの魚の型に成型した冷凍魚も作られるようになってきた。

とはいえ、町中のすし屋でも居酒屋でも定食屋でも魚料理の人気は全く落ちないどころか、「ヘルシー感」もあって今や魚不足ぎみなのだ。そう、魚離れという言い方は間違いである。おうちで魚を料理したり食べたりすることから「離れている」というのが正しい。全国の回転ずしだけでもかなりの量の魚を消費しておりますぞ。今日の日本におきましては、日本人が魚から離れているんじゃなくて、魚が日本の市場から離れておるのです。

二〇〇六年六月、世界的ないわし不漁で、築地におけるいわしの価格が一時的に真鯛《まだい》と同等にまで高くなった。小売りにすると一匹千三百円ってとこでしょうか。そのいわしをえさにして養殖をしてきた、たい、ひらめ、はまちなどの価格も高くなった。気仙沼港から北に多い遠洋まぐろ漁船も、港に泊まったまま、漁に出ていない。漁獲量の制限にも泣かされたが、原油高で船を動かせないのも一つの理由で、廃業、倒産に追い込まれている。こんなに日本漁業が苦しめられてるところに、富裕層が激増した中国や韓国が、これまであまり食べなかった、サシミ、スシをバンバン食べるようになったので、まぐろなどの国際市場では日本が中国にセリ負けし始めてなかなか買えん。泣きっ面に何とかで、欧米人が、スリミを中心にした魚肉を急に食べ始めておる。例のBSE騒ぎで、牛肉から魚肉にシフトしたためだろう。ますます日本人から魚が離れてゆく。

一九七五年から約三十年間、自分で安い魚を料理し、食べてきたが、高くなったいわしは食べなきゃよい。かえって、いなだ一匹三百円のほうが、実質的には安かったりするんです。「今年はうなぎが品薄で二、三割高いから、土用のうしの日にも口にできないかもしれません」てなことをニュース・キャスターが心配顔で言っておる。能無しコメントしないでくれい。食べなきゃいいじゃん。あれば食べ、無きゃ食べん。これ、本来の生き物の姿です。平賀源内のセールス・コピーに何百年も躍らされてどーする？「いわしが食べられなくなる日が来る!!」。何が心配なの？　「くじらが食べられなくなる!!」といわれて早二十年。無きゃ無くてどーにでもなるのです。欲張らず、手に入る魚をおいしく食べることだわ。

海の魚を山で作る⁉

二〇〇六年八月、釜石湾では土砂運搬用の舟を縦十八メートル、横六メートル、深さ三メートルの水槽に改造して、高級魚として知られるかれい「マツカワ」の養殖を始めた会社があると、地元新聞に載っていた。普通、魚の養殖は海で直接行うものだが、このような水槽式にするとエサの量も少なくて済むし残飼による海洋汚染も少なくなる。釜石でこの養殖を始めた会社はもともと建築関係の仕事をしておったのだが、事業の多様化で養殖に進出したそうだ。

しかし、このくらいで驚いてはイケナイ。すでに養殖魚の世界は、海を離れ、山村にまで達しておるのです。山の中でふぐやかれいを育てる時代になってんですね。たしか二〇〇〇年ごろだったか、三重県の山中で養殖を始めた業者がいたが、その後、各地で次々と海無し養魚が行われ始めた。海の無い群馬県でも近年ふぐの養殖が始まり、そのふぐを草津温泉など県内の温泉旅館で名物料理にしようと努力しております。果たしてどんなとらふぐが出荷されるのか。一度食べてみたい。しかしだ。出荷されるときには原産地表示が必要なんですな。で、この場合は、品名「とらふぐ」で、原産地「群馬県」

となるんですね。果たして売れるやろか。買う側としてはとらふぐイコール下関ブランドと見てるから群馬産ではセリ値も高くはなりにくい。そんなとき、出荷する業者は生きたふぐを一度下関に送り、そこでセリにかけるのです。これなら原産地表示も下関になるんですと。ここだけの話だが、下関とらふぐったって三重から愛知の海で取れた物、また、広島から岡山で養殖された物が多いってのが本当のところなんですの。まあ日本の食品表示は生産された所、水揚げされた所、加工された所などで表示されるから本当はどこで取れたんやら、よう分からんのです。だから山の中で養殖された高級魚も、◯◯漁港の△△市場に出荷してセリにかかれば◯◯産になる場合もアリなんですな。こうなってくると山の中だろうが何だろうが、ブランドは後づけできちゃうから今後、海無し養殖は増えてゆくでしょう。何でか。基本的にコスト、リスクが共に低い。水質はろ過技術で万全だし、水温、水流は思いのまま。海とつながっていないのでプランクトンの異常発生や寄生虫、他の病気による大量死も予防できる。残飼による海洋汚染も少ない。これらのことを考えると水産関連のみならず、他の業種の事業体が進出してくる可能性も大いにあるでしょう。魚は海で取るものから山中で育てるものに変わってゆくんでしょうか。

水道水の安全性

飲料水は、水道水ですか、ミネラルウォーターですか。と聞くと、今日ではミネラルウォーターのほうが圧倒的に多い。何で？

水道水には体によくない塩素が入ってるから。そしてマズイしクサイから。大方このような答えが返ってくる。一九九〇年代の水道水は、確かに塩素臭くもあった。だからうちでは大きなずんどうに水道水をくみ、煮沸した木炭を入れて二十四時間おいた水を使っておった。こうすると塩素は気化してしまい、木炭には鉄粉などの微少なゴミ、汚れが付着して水がおいしくなるのでした。

しかし、二〇〇〇年代に入って東京の水道水はかなりうまくなってきたんですね。真夏こそやや塩素臭がするけど、普段はほとんど嫌なにおいはしない。もしかしたら年のせいで味覚がボケたんだろーかと不安になり、東京都水道局浄水部浄水課に「こんにちは〜、教えてくださ〜い」と取材に行ったですよ。

いやはや、昔の知識で生きていてはイケマセンなあ。水道水は、塩素で、臭くまずいと思ってたが、どっこい浄水技術の進歩の前ではそんなの非常識といわれそうですぞ。

河川から取水したらまずは沈殿池で浄化する。これも過去のものより高性能になっていて、幾つにも分けられておる。その後、オゾンを使ったり微生物や活性炭を駆使して雑菌を取り除く。フィルターもその開発力はスゴく、海水の塩分を九十九%取り除ける不織布まである今日ですから、水道浄水フィルターもかなり高性能。ここまでろ過しちゃうと、もはや塩素の使用はしなくていいくらいになるそうだ。東京の水でも特にマズイといわれていた荒川水系、金町浄水場もこの高度浄水処理をするようになって水がうまくなってきた。実際、水道水もペット・ボトルのミネラルウォーターに引けをとらないくらいおいしくなっています。

また、水に含まれる大腸菌などの量も輸入ミネラルウォーターのほうが水道水よりも多い。だってそりゃ当然なのよ。ヨーロッパでミネラルウォーターといえば、くんだ水をフィルターでこしてボトリングした物だから、殺菌はしてないの。だから雑菌に関して言えば水道水のほうが安心できるんですね。ただ、水道の場合、家庭に引き込む水道管が古いとサビが出てにおったりもします。おいさんちは築五十年のボロ屋ですから、ここを改築するときに水道の引き込み管を全部取り替えたので、今ではうまい水を飲んでおります。塩素、塩素と騒いでた十年前の常識で高い水を買って飲むのはアホらしいと、思っちゃうのです。

一服、お茶を入れませんか

清涼飲料水で、一番売れてるのが、お茶なんですと。お茶なんて、きゅうすで入れるもんじゃと信じてたんだが、驚くなかれ。今日ではおばあちゃんまでペットボトルのお茶を買っておる。若いモンは「低カロリーでカテキン？　体にいいんでしょ」てなこと言ってペットボトル茶をラッパ飲みする。何かの会合に出ると決まってペットボトルのお茶がある。リサイクル、資源問題を考える会に行ってもペットボトルのお茶が出て「飲んだ後は必ずリサイクル・ボックスに入れてください」ですと。

バカ言ってんじゃないっ!!　きゅうすと湯飲みを用意すりゃええんじゃっ。ペットボトルをリサイクルすりゃ環境にいいだとお？　ペットボトルを回収して、再びペットボトルにするときかかる経費やエネルギーが、とんでもなく大きいって分かってるはずなのに。ペットボトルのリサイクルが法的に決められてから、その生産量は、数倍になっちゃった。つまり、リサイクルしてんだから幾ら作ってもいいんだよねー、になったんじゃなかろーか。

そもそも、お茶を入れるのがそんなに大変なことかあ？　ごくありきたりの番茶をミキサーにかけ、その粉をペットボトルに入れ、そこに水をたっぷり入れる。これを冷蔵庫に一晩置いておくと、翌朝、緑色の水出し緑茶ができておるのです。お湯で入れたお茶は時間がたつと黄色になるけど、水出し茶は色が変わらない。夏場はいつも水出し茶を夜に作っとけば翌日はそれで充分であります。

冬はやっぱり熱いお茶がよろしいが、これだってお湯を沸かせば済むことではないか。それにお茶の葉って百グラム八百円も出せばそこそこに飲めるものが買えます。一回飲むのに必要な茶葉ってほんの何十円にしかならんのだ。しかもお茶は一回だけでなく、三回くらいは繰り返し使えるから、ペットボトルの百五十円よりはるかに安い。それにうまい。

つい二十年ほど前まで、お茶といえば、きゅうすで入れるものだったのが、今日ではペットボトルで買うものになった。慣れるというのは恐ろしいもので、そのペットボトルの原材料が百パーセント輸入品頼りであることすら気にしない国民になっちまった。石油無くしてペットボトルは無い。その石油の輸出国は政情も不安定ではないか。そんな石油の、そんなペットボトルに、毎日飲むお茶をゆだねていいのだろうか。大げさかもしれんが、電気炊飯器にご飯作りをゆだねた人が停電時、ご飯にありつけなかったという事実もあるのです。アナタ、お茶を入れられますか。

本当の節水とは

世界的砂漠化傾向って知ってますでしょうか。ゴビ砂漠とかサハラ砂漠ではなく、つい最近まで緑地だった所が砂漠になっていってるらしい。北京から二百キロ離れた所まで砂漠化が近づいてきてるというし、米国の穀倉地帯も表土が流出して砂漠化しつつある。これら砂漠化の原因の一つが地下水のくみ上げによるものだそうだ。日本の農業は河川の水を引き込んで水田にため、その水は再び水田から河川へ流す。しかし、米国をはじめとする多くの国は地下水をくみ上げて畑にまく。北米大陸の真ん中辺りには巨大な地下水脈があり、それをくみ上げて農業に使うらしいが、その水源ももはやピンチ。しかもくみ上げた水には岩塩が溶けた塩分が含まれてるので、畑には塩分が蓄積されてゆく。いわゆる塩害ってやつで、これで草も生えなくなってしまう。こうやって世界中に砂漠が増えていってるそうだ。

米国に関していうと、自国の水がめの水を大量にくみ上げてコーン、大豆、小麦等の穀物を作り、それを我が国が大量に買っているという図式になる。一キロの穀物を作るのに必要な水は千―五千リットルにもなるんだと。それだけ水をつぎ込んだ穀物をエサとして牛肉、豚肉、鶏肉が生産されるわけだが、これがまた大変だ。一キロの牛肉を作るには十─二十キロの穀物が必要となる。ってことは一キロの牛肉のために使った水は千リットルどころの騒ぎではないのです。命の水という言い方もあるが、まさに穀物は水の濃縮物だし、肉となると超濃縮物でありましょう。

ワシら日本人は非常に水に恵まれておるから、水のありがたみを日常的にはあまり感じない。そしてその水を使って農畜産物をセッセと生産すりゃいいのに、食糧自給率は正にサイテー。大豆もコーンも小麦もほとんどが輸入だし、BSE騒ぎがあったとはいえ、肉類も輸入頼みなのが実情ですな。バンバン輸入している食糧を生産するためにその国が使った水の量を計算してみると、日本国内の農畜産物製造に使う水の量を越えておる。つまり、我が国は世界一の「仮想水の輸入国」であったんだ。

干ばつに苦しむ国で井戸掘りをするのも、モンゴルの砂漠を緑化するのも、中東の砂漠に草木の苗木を送るのも、それはそれで意味あることだが、まずは仮想水の輸入を減らすことではなかろーか。水のあり余る国が水不足の国から食糧を輸入しといて砂漠の緑化はなかろう。せっかくの善意が罪滅ぼしになりませんように。

「イマジン」飽食時代の歌

ジョン・レノンの「イマジン」（John Lennon『Imagine』Capitol Records 一九七一年）という歌は、平和を願う人たちに歌い継がれている名曲だ。詞もメロディも、抜群の歌だと思う。だが、あの歌は物質的に恵まれ、一応衣食住に不自由しないで暮らせる人が多くなった時代だからこそ、あれだけの大ヒットになったのではないだろうか。

「イマジン」は、戦争も無く、人々が、互いに愛し合いながら、尊重し合いながら生きていける世界を、「さあみんな、イメージしてみようよ♡　みんなが、そう思い、考えれば、きっとそんな社会ができるんだよ」と語りかけているように思える。

そりゃ誰だって人を殺したり侵略したくはないわ。しかし、人類の歴史を見てみると、生き残るための戦いの歴史であることは否定できまい。あらゆる生物は飢餓との戦いを強いられてきた。食糧を確保するために同胞をも殺してきたんです。食糧確保には土地の確保、海の確保が必要だから、領土を巡って昔から戦争が絶えなかった。人類は他の生物に比べてはるかに高度な文明を持ってきた。そのおかげで技術の進歩も他の生物と大きな差がついた。食糧を得るだけでなく、自ら生産できるようになり、多くの人類を養う力を身に着けてきた。そのゆとり、余裕が、仲間を養うという協同体、福祉というものを生み出した。そこに博愛精神が生まれ、弱者に手を差し伸べる心も生まれてきたのだろう。

しかし、今後の人口激増、食糧生産量の伸び悩みがもはや明確となった今、そんな、ゆとりが持てるだろうか。いわゆる先進国はどうにか食糧を確保できるとしても、人口が激増しているアフリカ、東南アジアに代表される、食糧生産力の弱い地域では今後二十年くらいの間にとんでもないパニックが起こるかもしれない。子供は次々に生まれ、食糧は無い、となると、食糧を求めて難民が食糧ある国へ押し寄せてくるだろう。そこにはエイズなどの厄介なフロクもついていて……。

その人たちにイマジンを歌って聞かせて何の役にも立つまい。「同情するならメシをくれ」そのものだ。

ジョン・レノンの歌ったイマジンは二十世紀の名曲ではあるが、それは二十世紀が、人類が経験したことのない飽食という時代に入ったあかしでもある。喰《く》うに困らない人でなければイマジンのような「夢」の話に感動はしないだろう。イマジンは人間愛の歌ではない。物質文明にどっぷりの平和ボケに対する警鐘の歌である。

ダイエットが無理なワケ

食生活研究をやっておるとよく「ダイエット食を教えてほしい」と頼まれる。人類がやせるために努力をするようになったのは、いいとこ、この五十年以内のことでして、本来は太ろうとしておったんです。

人類の歴史は常に飢餓と隣り合わせだった。マンモスを追っかけてたころから、つい百年くらい前まで、程度の差こそあれ、明日も必ず食べ物にありつけるという保障の無い生活を続けておったんです。今日まではマンモスの肉を食べてたが、明日からは四、五日、なーんも無いことになるかもしれない。実際、毎日ちゃんと食物にありつけられたのはごく一部の権力者くらいのものだったのでしょう。そんなわけだから人間の体も食べられるときにしっかり食べ、余分な栄養分、カロリーは体内に備蓄しておけるような仕組みになったと思われる。その備蓄が体脂肪ですな。そうです。人類は生存本能によって常に脂肪を着けよう、着けようとしておるのです。だから脂肪がより多く着くような食べ物を積極的に食べようとするらしい。少量でカロリーの高い肉や油脂、甘い砂糖などをおいしいと感じるのは、より多くそれらを摂取できるように体が作られたからだとも考えられる。

試しに「おいしいもの」を幾つか挙げてみよう。まぐろのとろ、霜降り牛肉、最近はやりの豚とろ、こってり味のラーメン、これらはみんな口中でとろけるような濃い味がする。そして脂肪分も多い。油脂そのものには味はないが、のどの近くに油脂に反応する細胞があって、そこを通ると脳へ「脂肪がありますぞ!!」のシグナルが伝わるそうだ。そのときに我々は「コクがありますなあ♡」を感じてるんですね。そしておはしは再び脂肪を含んだ食べ物に伸びてゆく。

つまるところ、人間はその本能として「太りたい」のであるんだわ。そしてダイエットとなるとまた、別の本能「異性にもてたい」が働き始める。だから見た目をカッコよくしたい。どちらも生き物としては当然のものだろうが、そのせめぎ合いが一つの体の中で起きてるからたまらんのです、飢えから逃れるのも本能なら、子孫を残そうとして雄は雌を、雌は雄を求めるのもこれまた本能。つくづくややこしい生き物ではあるが、現実だからしかたない。だからダイエットも、あんまり張り詰めちゃうと反動が来やすいので、ほどほどにしましょ。そもそも食べ物が余ってる時代ってものが、人類にとっては未知の領域なんじゃもん、つらい時代に生まれたもんだ。

安全保障を期待するな

ＢＳＥ騒ぎ、遺伝子組み替え作物、鳥インフルエンザ等が次々と起こったため「食の安全」という言葉がやたら目につくようになってきた。それ以前は、添加物や農薬などに神経を使ってたが、そのうえに新たな不安が加わった形になってきたようですな。

消費者団体は「米国の食肉処理施設での検査体制をもっとしっかりさせろ‼」と政府に詰め寄っておりますが、それで日本における食の安全性が高まると、本当に思っているのでしょうか。米国って国の、食糧に対する根本的な考え方を、いま一度確認したほうがよろしいかとおいさんは思うのです。

日本ではあまり知られておらんようだが、ブッシュが大統領になったとき、食肉検査に関する規則が緩くなったんです。例えば、全米学校給食用のパテ（ハンバーガーに挟むひき肉ハンバーグ）の製造に関して、それまでは、ボツリヌス菌検査があった。もちろん菌が発見されたら廃棄処分ですな。これがアナタ、「菌があってもよろしい」になったのよ。何でか。ボツリヌス菌は加熱によって死ぬから、という理由だった。確かにパテはフライパンで焼く。しかし焼くまでの製造過程で、ほかの食品に触れたら菌も移る。大量に焼けば、中には生焼けの可能性もある。しかしブッシュにとってボツリヌス菌で食中毒を起こす人数は交通事故に遭う人数よりはるかに少ない、くらいの認識なんでしょうね。それよりも菌が発見されたら、少なくとも十トンくらいの牛肉を廃棄しなければならん、という食肉産業のリスクを避けることのほうが大事だったんだ。

例のBSE騒ぎが起こったとき、米国内のクリークストーン・ファームズ社という食肉会社が、自費でBSE検査をしたいと農務省に申し出たが、即刻拒否。米国という国はBSE検査をしない国ではなく、してはならない国なのです。何でか。検査をすれば必ずBSE牛が発見されることは目に見えてるからなの。BSEの発生源と目される肉骨粉も、いまだに作ってるし鶏に与えてる。それが牛のエサに混じったりもする。もし全頭検査をすれば、発見された牛と同居中の、他の牛も廃棄しなけりゃならんケースもある。何万頭も飼ってる放場（はなしば）が多いので食肉産業は大損害、だから絶対に検査はしない。

こんな食糧感覚の国に食の安全を求めるこっちがバカなんだ。食糧は人の体を養うものであるハズだが、米国は「支配するための戦略武器」と、とらえている。その国に食の安全は期待できんわ。なんせ自国の安全しか考えとらんのだから。

「ウマイ!」≠安全

牛肉業界はこの十年間、ＢＳＥに振り回されてきた。最も深刻だったのは英国で、これまでに十八万頭を超えております。日本でも三十一頭（二〇〇六年十二月現在）発見されてるし、米国でも発見された。日本の外食産業は米国からの輸入牛肉をよく使ってたから輸入が止まった直後はドタバタしたものの、豪州産等に切り替えてどうにかしのいでおりました。しかしＢＳＥ騒ぎで日本人の食の安全性に対する意識は高まったのは間違いない。子供までが「狂牛病の肉はイヤ」とコメントするんですもんね。このような食品の安全性が問われるような問題が起こると、政府関係者は決まって安全パフォーマンスをする。かなり前だがＯ—一五七のときはカイワレ犯人説が出たため、当時の厚生大臣だった菅直人がカイワレを食べてみせてた。日本で最初にＢＳＥが確認されたときには、農水相だった武部勤が、牛ステーキを「ウマイ」と言いつつ食べてみせてた。

米国でのＢＳＥ発生を受けて日本が輸入を中止したとき、米国テレビのニュースでは、ステーキを食べる市民の映像と「毎日食べてるけど、ゼーンゼン平気ヨ」というアメリカ人のコメントを流してた。これらのパフォーマンスをする大臣も、コメントを流すマスコミも全く人をバカにしくさっております。「大臣たる私が食べてみせてんだから、きみたちも安心しなさい」とでも言いたいのかね。ロクに公約も守れず、口先ばっかりのくせに……。それにパフォーマンスのときに「ウマイ」はなかろう。

市民が心配してるのは、ウマイかマズイかではなく、安全かどーかなんだわ。安全イコールうまい、みたいなトリックとしか思えんわ。バカにするなっ!! 「毎日、おいしく食べてるけど、ゼーンゼン平気ヨ」とブロンドの髪をかき上げながらコメントしておるアメリカ人女性を見てると、バカなんじゃないかと、本当に疑ってしまう。古い話でスマンが、かつて水俣病が大問題になったが、水銀等で汚染された魚介類を食べてた人たちも「ウマイ」と言ってたんです。水銀とゆう有害物が含まれてもBSEに冒されていても、人の味覚には何も感じない。だから怖い。だから、安全性を求める。だから、全頭検査までしてほしい。なのに「ウマイ」だの「毎日食べても平気」だのを言ってもしかたあるまい。BSEが人間に感染しても潜伏期間が十─十五年だという。あと十年もたったら米国で人のBSEであるクロイツフェルド＝ヤコブ病が大発生する可能性もある。くだらんパフォーマンスやコメントをするくらいなら、まじめに検査をしてほしいもんだ。米国のBSE検査頭数は全頭の〇・五パーセント以下なんじゃもん。やってないのと同じだし、検査しなけりゃ発見も無い。それを未発生と言いくるめる、大した国だわ。

ステーキよりぼたん鍋

米国はよっぽど牛肉を売りたいとみえる。ＢＳＥの検査は絶対にさせず、日本には買え、買え‼　と押しつけている。米国ではＢＳＥが発生してないんじゃなくて、検査しないから、発見されないだけのことでしょ。もし飲酒運転の取り締まりを一年間やんなかったら、データ的には「一人の飲酒運転者も出ませんでした‼」と報告できるのと同じことですな。まあ米国も、この先何十年か後には人間のクロイツフェルド＝ヤコブ病患者が多数出る可能性、ありますぞ。

私は肉を食べないわけじゃないが、食べる量はかなり少ない。今後の人口問題や食糧問題を考えると、肉より穀物を食べる方向にしておいたほうがいいと思うのです。牛ってもともと草を食べる動物ですが、肉質を向上させるために、穀物を中心とした濃厚飼料を与えるのが今では当たり前になっておる。コーン、大豆等を与え、サシが入ったほうが確かにうまい肉である。しかし、一キロの牛肉を生産するのに必要な穀物飼料は、八―二十キロにもなるのです（参考資料：中村靖彦『ウォーター・ビジネス』岩波書店　二〇〇四年）。食べたいものが食べたいだけ食べられる人間って、いいとこ一割もおりますまい。

今後、人口は増えても、今の技術だったら食料生産力は頭打ちであるといわれておるのに、二十キロの穀物をエサにして、一キロの牛肉を手に入れるなんてこと、やってていいのだろうか。ムダなこった。

肉は確かにウマイです。しかし人間が食べる穀物をエサにすることはなかろーもん。だったら何の肉を食べればいいのか。ズバリ野生動物でしょ。それも増えすぎて害を及ぼしているいわゆる害獣。いのしし、しか、くま、鳥類、けっこういろいろあるんです。中でもとりわけうまいのが、えぞしかといのししですね。えぞしかは北海道でとんでもなく増え過ぎ、えぞしかによる農林被害額は年間五十億円を超えたこともありました。その肉を流通させるようになったが、それでも農林被害はまだまだかなりある。いのししに至ってはもう住宅地にまで平気で入り込んでおる。これらをじゃま者扱いするくらいなら食べちゃおう。肉をしっかり熟成させ、調味液に漬け込んだりすると変な臭みも無く、肉質とてそう硬くもない。野生の鳥が増え過ぎてその糞害が問題になったりしておるが、今後の食糧問題を考えるならば、「いかにしておいしく食べるか」をもっと研究しておくべきではなかろーか。

かつて英国でＢＳＥが大流行したとき、何十万頭という牛が焼却された。北朝鮮がその肉を引き取ろうとしたらしいが、そりゃムチャなことだ。そんなアブナイ肉よりハトやカラスの食べ方を研究してほしいものだ。将軍様。

学校給食は注文式に

一九六三年から六八年までの六年間、学校給食のお世話になった。まだ米国からの脱脂粉乳が使われておりまして、そりゃマズイどころではなかった。給食を作ってる給食室の前を通ると、すえたにおいがしておったものです。中学生になり、給食と縁が切れたときには大喜びしたですよ。今日では考えられんだろうが、ある日の給食では何やら分からん野菜のゴッタ煮トマトケチャップ味ごとき汁物から異様なニオイがする。一緒に食べてる先生も顔をしかめておる。しかし、給食は残さず全部食べなきゃイケナイことになっていた。しかし、これは異常であると考えた大正七年創業の料理屋セガレ、つまり私は、センセーに「これ変です。給食室に持って行きましょう!!」と提案したんですが、センセーに止められ無理やり食べさせられた。よく中毒事故が起きなかったもんだわ。その後、学校給食はよくも悪くも進歩を遂げた。各校で賄う自校方式と、数校が合同で作り、配送するセンター方式に分かれた。また、食材も半加工品を大量に安く買えるようになり、給食を学校外の企業が負う部分が多くなってきた。そうなってくると今度は添加物や農薬等の問題も生じ、調理上の衛生問題も取り上げられるようになってきた。そしてO—一五七などによる食中毒が発生したため、責任問題がとりざたされだした。

そもそも弁当を持たそうにも食料が買えない家庭の子を助けるべく始まった給食だったが、ひとたび全校の給食体制が整うと、給食があって当たり前と思うようになり、それが、「無くては困るもの」になる。小・中学校のPTAから講演に呼ばれて行くのだが、大半の親が給食が無くては困ると言う。その一方で、どんな食材を使ってるか分からん給食は食べさせたくないという親もおれば、アレルギー持ちの子には食べさせたくないという親もある。なのに公立校では「平等に」ということで全員に給食を義務づけしておるのです。弁当を作れん親もおるだろうし作りたくない親もおりましょう。だがかつてのように、飢えから救済するために必要な時代でもない。義務教育としての学校に通わせる親と子供には、食を選ぶ権利がある。学校給食を一律義務化でなく、注文方式にすべきだろう。一か月分の献立表を渡して注文を取る。弁当の家は全く注文しなくてもOKとする。注文が減ったら単価も高くなり質の低下もあるかもしれん。だから作り手はより安全でうまいものにしようと努力する。よいではないか。教育の機会均等はよろしいが、食まで踏み込むな。個人差、家庭の違いを尊重すべきだ。

イライラ解消の食べ物とは

スナック菓子、清涼飲料水、甘い菓子、カップ麺、野菜嫌い、肉中心、ダラダラ食い、さてこれらは一体、何？

ここ二十年で大問題となってきた「キレ」る子供たちの食習慣を表しておるのです。彼らの食べてるものを見ると、砂糖を大量に使った物、食品添加物の多い物、口に入れただけで添加された味が即座に広がる物などが挙げられるんですね。これらの食物に片寄り、ご飯や野菜を食べることを拒否した子供に「キレ」る子が多いというデータがあるそうだ。

甘い菓子類もご飯も、共に糖を含んでいるが、その分子構造に違いがある。米などの穀物は多くのブドウ糖が結びつき分子が大きいので、体内で分解吸収するのに長い時間を要するが、砂糖はブドウ糖と果糖が一つずつくっついてるだけなので分解吸収が速い。だから穀物を食べたときは血糖値はゆっくりと上昇し、ゆっくりと下降する。反対に砂糖だと、さっと上昇し、さっと降下する。人の脳はブドウ糖以外をエネルギー源にできないから、血糖値が一定値を保ってないとイライラがつのってしまう。それだけならまだしも、血糖値が下がると、これを上昇させるために肝臓からグリコーゲンが出されるのだが、ここで肝臓に刺激を与えるのがアドレナリンだそうだ。アドレナリンが分泌されると攻撃性が増してくるのはご存じの通りです。こりゃ低血糖の人がキレやすいわけだ。

この血糖値とは別に、加工食品の摂取によるミネラルのアンバランスも「キレ」る原因の一つだそうだ。スナック菓子、できあい食品、インスタント食品などには添加物としてリンが多く使われている。リンとカルシウムは体内で一対一でバランスが取れるようになっている。しかし加工食品は圧倒的にリンが多いため、骨や歯に蓄積されたカルシウムが引っ張り出され、リン酸カルシウムとなって体外に排泄される。で、体内のカルシウム不足を引き起こす。このカルシウムは神経伝達に重要な役を果たしておるから不足すると精神的安定を乱してしまうのです。これらは子供のみならず大人にもいえることでして、詳しく知りたいかたには『その食事では悪くなる』（大沢博　三五館　一九九九年）がおススメです。

キレたり、ダルくて仕事ができなかったりする人の食改善はどーすりゃいいのか。乱暴な言い方だがテレビのCMに出ている食べ物をやめること。そしてできるだけ未加工食品を使うこと、高カロリー・高タンパクになりやすい肉食から穀物野菜食に切り替えること、これに尽きるでしょう。

食わず嫌いには心理作戦で

食文化についてずーっと研究してきたが、中には全然違った分野のことを教えられたこともあるのです。二十代のころ、じゃがいもについて調べ事をしておりましたら、売れない物を売れ筋に持ってゆく心理作戦というものを学ばせてもらったんでした。

コロンブスがアメリカにたどり着いたのが一四九二年。そして、ヨーロッパに持ち帰ったのが、たばこ、じゃがいも、変な話だが梅毒といわれております。これらは、あっという間に全世界へと広まるのですが、じゃがいもだけは当初、苦戦しておった。ヨーロッパの人は、じゃがいもの花を観賞するために栽培し、食糧としては栽培しなかった。もっぱら小麦を主食としておったため、ヨーロッパでもききんはよく起こっていました。じゃがいもなら小麦の育たない寒冷地でも作れるから救荒作物として普及させようと、当時の国王たちは盛んにアピールしたが、人民はなかなかやろうとしない。そこである王様は変なおふれを出した。国王専用の畑でじゃがいもを大々的に栽培させ、王族以外は栽培も食べることもまかりならぬ、と触れたんでした。食べちゃイカン、作ってもイカンと言われりゃ興味を持つのが人の常。夜ごと盗人が国王の畑からじゃがいもを盗み、食べたり栽培し始めた。国王は見て見ぬふりをしておったら、瞬く間にじゃがいもが普及したそうな。

何か売りたいものがあったとき、やみくもに宣伝するばかりが能ではない。人間の心理というものを巧みに操るのも一つの手段でありましょう。特にこれまでなじみのなかった品物となると、普通は取っつきにくいものです。それも食べ物は食習慣の無い食品はなかなか受け入れ難い。今じゃ当たり前の顔をしているコーラだって、日本上陸直後は「変なニオイ」の炭酸飲料といわれてたが、戦勝国、アメリカで皆が飲んでるということで、興味を持った人たちが手にするようになったようだ。じゃがいもも国王など高貴な人だけの食べ物としたことで興味を持つ人々が増えたんでしょうな。

こうしてじゃがいもは全ヨーロッパに広まり、その食糧増産のおかげでヨーロッパの人口はかなり増えたと思われるのです。

物を売るポイントとして今日でも「限定百個」とか「期間限定品」というやり方を見掛けます。以前経営しておった古道具屋でも「現品限り」とか、「限定五台のみ」と書くとよく売れたが、古道具なんて、文字通り、その品物のみっていうのがほとんどなのに……。

芋とケネディ家の関係

アメリカからヨーロッパに渡ったじゃがいもは全ヨーロッパに広がり、救荒食物として大活躍することになるのだが、それが思わぬ落とし穴になるとは、コロンブスでも見通せなかったんですな。

ドイツやアイルランドではじゃがいもは郷土料理にまでなっておりますが、かつてアイルランドではじゃがいもによる悲劇があったそうだ。じゃがいもは南米原産といわれておりますが、今日でも先住民は何十種類ものじゃがいもを栽培しております。しかし、ヨーロッパの人たちは、自分たちが最もうまいと思える種類のみを栽培しておったそうだ。

ある年、じゃがいもの病気が発生した。今日のような農薬があるわけではないので、アイルランド中のじゃがいもがほぼ全滅してしまった。そのために飢餓による死亡者が百万単位で出てしまった。そのままアイルランドにいても、死ぬのを待つばかりとなり、多くの人々が移民としてアメリカへ渡ったんですね。

アメリカという国は世界のあらゆる人種が集まった国ですが、アイルランド系アメリカ人の多数は、このときの移民の子孫のようです。このときの移民の一人で、もともとウイスキー造りを商売としていた人がおりました。この人は新天地アメリカでもウイスキー造りをやってみたところ、これがうまくいった。やはり命懸けで海を渡った裸一貫の移民は根性が違いますなあ。一代で財を成し、その後さまざまな事業に手を出し、大富豪になっております。この人の子孫が、第三十五代大統領となった、ジョン・F・ケネディさんです。

コロンブスによってアメリカ大陸からヨーロッパに渡ったじゃがいもが、ヨーロッパの人々をききんから救った。しかし、そのじゃがいもに頼り過ぎたがために、そのじゃがいもが病気に冒されると、一度に百万人以上の命を失ってしまった。しかし、その大ききんがあったから、アメリカで偉大な大統領が誕生することになったんですなあ。

まあ、因果といいますか……。まさかコロンブスとて、何気なーく持ち帰ったつもりのじゃがいもがヨーロッパ各地での郷土料理となったり、大ききんを招いたり、しまいにゃアメリカ大統領を選出するきっかけになったりするとは思わなかったでしょう。しかし食べ物の伝播をたどってみると、どんな食べ物にもさまざまな裏話があって面白いものです。今度、居酒屋で肉じゃがを食べるときにでも「じゃがいもがケネディ大統領の生みの親って、知ってたあ?」とやってみましょう。

先住民の教え

じゃがいもに関すること、その第三弾です。前項で、じゃがいもに頼りすぎたアイルランドでの大ききんを取り上げましたが、この出来事が我々に何を教えてくれておるのか。これを考えてみよう。

じゃがいもの原産地といわれている南アメリカの先住民は、じゃがいもやとうもろこしを主食としておりまして、その栽培品種も実に多種類です。南アメリカの山岳地帯で暮らしている先住民を取材した人のレポートを見ると、そこには長年の経験によるリスク分散の知恵がうかがえるのでした。

じゃがいももとうもろこしも、もともといろいろな品種がありました。色や味の違いはさることながら、栽培するに当たって、低温に強い物、水不足でも育つ物、日照りに強い物ｅｔｃ……。それぞれに特徴がある。先住民の一家はじゃがいもやとうもろこしを五—十種類、自分ちの畑に植えている。収穫後、それらのうち一部は翌年用の種として大切に保存しておく。これを長年続けてきておるんですな。しかし、ヨーロッパの人々はそうではなかった。自分たちに都合のいい、つまり「おいしい品種」だけを栽培しておったようだ。ここらへんが南アメリカの先住民とヨーロッパ人との違いですねー。大自然って人間の思う通りにはならないってことを先住民はよーく知っている。冷害に見舞われたときでも、丈夫に育った品種があれば、細々と食いつなぐこともできる。多少味がよくなくても決してその品種を切り捨てない。ヨーロッパの人々は何か生産効率のみを追求しておるようですなあ。売れる物だけ、おいしい物だけを栽培して、他は切り捨てる。一見効率的でも、その一品種が病気や自然災害にやられたら、それこそアイルランドの二の舞いですぞ。

こういう長年の経験から得た生活の知恵を大切にするのは南アメリカの先住民だけではなく、イヌイットやチベットの人たちにも見られるそうだ。

さて、ここで、わが日本の主食である、お米を見てみよう。近年、コシヒカリ一辺倒になりつつある。これでいいのだろうか。ただ高く売れる米だけに絞っていたら、何か災害があったとき、えらいことになりそうです。これはじゃがいもや米だけの問題ではなく、わしら人間の生き方、仕事の選び方にも関係するのです。仕事も生き方もいろいろな可能性、選択肢を持っておくことが必要なんじゃなかろーか。リスクを分散しておく。先住民の教えですね。

有名人の行く店はうまいか

　二十代のころ、よく浅草に代表されるような有名な観光地で飲み歩いておりました。九州の田舎モンだったせいか東京・下町の古い店に引かれてたんですね。小説の舞台になった店や、文士が入り浸ってた店、有名な役者がよく来る店、こういった所を訪ねてみておったんですが、それらの店って店構えは何やらいわくありげでも味のほうは……だったたんだ。有名な天ぷら屋、どじょう料理屋、豚カツ屋、いろいろと行ってみたんだが、どこがうまいのやらサッパリ分からん。基本的にしょっぱいし、べたっとした甘さがしつこい。どうしてあの有名人がこんな味を好んだんだろうと不思議に思ったもんだが、ちょいと考えれば当然だったんだ。面白い小説を書く人、いい演技をする人が、味覚も優れているとはいえないハズだし、味には好みがあるから彼らの「うまい」が他人の「うまい」になるとは限らんのです。しかもそれが観光地となると、土地の人より旅行者のほうが多い。その人たち相手の食べ物商売をしてると、どうしても料理が雑になるし態度も横柄になってくるようだ。多少味が悪くたってどうせ一回きりの客、サッサと食べて早く席を立っとくれという態度がアリアリとうかがえる。有名（といわれている）天ぷら屋で使ってるししとうやしいたけ、えびなども実に質が低いし、ご飯の炊き具合もひどい。立派なのは値段ばかりって経験を何度もしたもんだ。

それで有名店には近づかないようにし、地元のオッサンたちが飲みに行くような大衆酒場、大衆食堂に行ってみたらこいつはアタリでした。酒を樽からくんで飲ませる店、生ビールの泡がクリーム状になるようなつぎ方のできる店、ちゃぶ台で煮魚や焼き魚を食べさせる店、観光客なんざよう近づかないそれらの店が、みんな安くてうまかったんです。

先日、大阪から東京に来た友人たち（おばはん一行）が、有名店で天どんを食べたそうな。えらく待たされたうえ、天ぷらが少ないし、そもそも小さい。これで千二百円は大阪じゃ考えられんと怒り狂っておった。しかもお茶のお代わりを頼んだらムスッとした店員がテーブルにきゅうすをドンと置いていったそうだ。

有名人が行く店ったって、その人が、その店のフンイキやマスターなどを気に入ってるから行くケースもある。しにせお好み焼屋も、お好み焼そのものは、全く話にならんものだったが、皆様、フンイキとイワクありげなところに引かれてるんでしょね。あたしゃ味で選ぶほうだから、単なる有名店には行かないの。

食費ひと月7000円！

人は何のために働くのか。そもそも食糧を得るためでありました。生存のためには絶対に食糧が必要ですもんネ。狩猟経済のころは、寝ても覚めても食糧確保に明け暮れておったんでしょうな。その後、牧畜、農耕経済になってくると「蓄え」が可能になり、食糧の保存、消費が計画的に行われるようになってきた。そして文明の発達とともに社会が分業化してきて、全く食糧生産をしなくても、他の仕事で得た対価、つまりお金で食糧を入手することができるようになったんですね。今日に至ると食糧生産も集約的となり、一軒の農家が何百世帯分、何千世帯分の食糧を生産できるんですな。そんなもんだからもう食糧生産をしないどころではなく、毎日の食事作りもよそへ託すようになってきた。もともと、食事は自分ちで作って食べていたのが、それを外部に任せ、対価としてお金を払ってるのが今日の日本です。

二十代のころ、学生だった魚柄青年も学食や大衆食堂で食事を賄っておったのですが、たちまち体調が悪くなり、体重もえらく増えてしまったんです。何でじゃろ？　調べてみると食品添加物、農薬、動物性タンパク質、砂糖や油脂……、いろいろなことが食品の裏には潜んでおったんでした。このまま食の外部化を続けていると体がどうかなってしまうんじゃなかろーかと心配になり、自分の食生活は自分で構築しようと考えたんでした。

今の時代、三食すべて自分で作るというと何かとてもめんどくさいように思われがちだが、おいさんの場合、人間の最も根源であるところの「人は生きるために食べ、食糧を得るために働く」に立ち返ってるので、これは当然の作業であるし、食糧を得るため以上の労働は極力しないことにしております。一応食べることができればよろしい。その分くらいを稼いだら後は好きなことをしてゴロゴロ寝っ転がっておればいいのです。このような横着者の考えで食べる分だけ働いてきたんですが、食べるために必要な食材費って一か月に七千五百円くらいで済んじゃうんですね。一か月に七千五百円だと一日二百五十円。ちょっと計算しづらいので一か月九千円と題して本を書いたのが一九九三年でした。別にケチったり節約とかしなくても、食事なんてそんなもんでできちゃうんです、ホント。あれから十三年たち、当時三十代だった私も、五十代のおいさんになっちまったが、食費はというと、とうとう一か月七千円の食材費にまで低下してしまったです。イヤ、別にビンボーになったでも、より節約したでもない、早い話が年を取ったため、以前ほどたくさん食べなくなっただけのことでした。十年後は一か月五千円か、もう死んでるか……。

捨てる物がおいしかったり

普通なら捨ててしまう物だが、実はとんでもなくうまいものだった。このような体験を何度かしたことがある。そんなにうまいものなら昔から食べられてたハズではないかと考えるのが一般的だが、一、昔の人もそんな料理は思いつかなかった。二、手間がかかるので次第に廃れていった。三、絶対量が少ないので世間に知れ渡らなかった。などの理由で隠れ潜んでいた物があったんです。

これまで食べてきた中でもチャンピオンと呼べるのはうつぼの内臓と骨でしょう。うつぼそのものが料理となるのは紀伊半島、高知辺りでして、普通は見ることもないような魚ですから、そのまた内臓なんちゅうと出合う機会は無いに等しかろう。しかし南紀白浜で食べたすき焼きは牛肉よりもうまかった。うつぼの頭や骨のエキスが溶け、内臓はプリプリしていて深い味わいがする。冷めるとプルンプルンの煮こごりができるくらいだからコラーゲンも多かろう。うつぼは魚屋が開きにして二週間程寒干しにしてから出荷するので、内臓や骨は捨てるそうだ。骨の唐揚げなら土産物屋でよく見るが、すき焼きは初めてだった。

魚のあら料理はすべてうまい。料理屋に育ったから子供のころからいろいろと食べてきたが、意外性もあってうつぼのあらがチャンピオンと思います。

仙台の肉屋に行くと牛タンの皮というものが安く出ておる。まだ試したことはないが、いいスープが取れそうな気がする。ただ「ワンちゃんのご飯に」と書かれたポップが気に入らんので、いまだ買っていない。

パンの耳なんぞは大学のころ、とことん食べ尽くした。干してパン粉にし、水を加えて練ってからハンバーグ状にしてフライパンで焼くとウマイ。おからは酢飯の代わりにしておからずしができる。鱈の白子は高いが鮭の白子は安い。こいつを酒蒸しにした後、裏ごしして、塩、マスタード、他の香辛料を加えるとちょっとフワフワ、その実ネットリとした白子パテになる。バゲットやチーズに塗ると少しゼータクな気分になる。捨てるような物も、やり方によってはうまいし役に立つ。ホタテのヒモはバカ安おつまみだし、その貝殻は北国で融雪剤に使われている。鳥がらを中華包丁でたたきまくってすった物で作るつくねは努力が味に出ておってウマイのだが作るのが大変です。戦前の料理本に出ていた万年だしというのが情けなかった。鍋に魚の骨と水を入れ、火鉢の残り火でコトコトやるのだが、常に水を継ぎ足し、約一か月も同じ骨を使うそうだ。確かに万年床、イヤ、万年だし。これはやりたくない。

銘酒への道

これまでに日本酒絡みの本を四冊出版した。ただ単に酒好きだったからなんだが、本当いうとこれまでの日本酒本に不満があったからなんでした。日本酒人気低迷といわれて久しいが、おいさんに言わせると、うまい酒に巡り会わなかったことと、よい保存状態でなかったことに尽きるんですな。日本酒のガイドブックは「○○酒造は△△年創業で……」といった表記が多い。しかしその蔵が出荷する酒の種類は十——二十種類もある。銘柄が、例えば「磯自慢」であったとしても、本醸造、吟醸、大吟醸等の違いはあるし、吟醸でも使う米による違い、生か熱処理したかでも違いが出る。絞ってすぐに出荷したのと蔵の冷蔵庫で何か月、何年と寝かせたものは銘柄が同じでも全くの別物。そして一番困るのが流通過程による酒質の劣化であります。

有名になった十四代の生酒なんざ、光を遮り、クール便で流通させないと一発で味が落ちる。店頭では冷蔵庫に入れて販売している店でも、蔵から店に来るまで、そして店の倉庫が冷蔵でなきゃ話にならん。大手百貨店のほとんどが、流通過程がダメ。有名デパートで有名地酒、と思って買って飲むと……マズい!!　こう感じた人はその銘柄は二度と買わんでしょう。こうして人々はうまい日本酒に近づけないまま、日本酒から離れてゆくのでした。

しからば、いかにしてうまい酒に近づくのか。まずはいろいろな地酒をきちんと温度管理してある居酒屋へ行き、おススメの酒をハーフ・グラスで一度に四、五杯、横に並べて飲んでみる。一種類だけだと比較できないので何種類かを同時に少しずつ飲み、自分好みの銘柄を見付ける。次にその一升瓶を見せてもらい、銘柄を控える。このときに、名前だけではなく、米の種類、日本酒度などのデータ、吊し取り、中くみ、原酒、斗瓶囲い等、意味が分からなくてもすべて記録し、最後に製造年月日を控える。後日、その蔵に電話してお気に入り酒のラベルデータを伝え、自分の住んでる地方を伝える。その上でこの酒はどこで買うのがいいかをアドバイスしてもらいましょう。デパートなどは温度や光の管理をしていない卸を通してることがほとんどだから酒が劣化するのはほぼ当然だが、蔵と直接取引している小さな酒販店がありまして、そこを紹介してもらうのがベストです。その後は紹介された店に行き、保存状態を確かめてから買うようにする。こうして信用できる酒販店をつかむことが銘酒への近道なんでした。「○○酒造の△△はうまいですよね？」と質問されても、あたしゃ答えません。どんな流通、どんな保管かも分からんので、無責任なことは言えんのです。

いつも
フンフン

暮らしについて22のヒント

話せば分か……らない

医者よりテレビ？

タレントの誰かさんが、ある食品を食べて血圧が下がったとか、○○さんはこうやって月に三キロ、ダイエットに成功したなどとテレビや雑誌ではかまびすしい限りです。こういった傾向は明治の昔にもあるんですね。長年胃の病に苦しんでいた○○さんが、△△を食べるようになってすっかり健康を取り戻した……。というような記事は昔からあったんです。ただ、昔は情報伝達手段が今とは比べものにならんほどの～んびりしておったため、一気に全国的展開……とはならなかった。しかし今日では一日にして全世界に情報は流布される。そんな情報化時代になったもんだからテレビやインターネットで○○がダイエットに効く……と流されると瞬時にして多くの人の知るところとなるんですね。

こんな時代ですから、入ってくる情報にはそれなりのマユツバ感覚を持って対処しなきゃなりませんぞ。ダイエットに成功しようが、血圧が下がろうが、それはアナタとは他人の体で起こったことでした。アナタに当てはまるかどうかははっきりしない。塩分を多く取るより、少なく取るほうが高血圧にはなりにくいというデータはある。塩の中のナトリウムが血圧を高めているという説によるものですが、減塩食をしていても高血圧の人もおるし、反対にとんでもなくしょっぱいものを食べていても、血圧の低い人もおる。そこには、遺伝によるもの、労働内容に起因するもの、ストレスに関するもの、飲料物によるもの……。いろいろな要因が絡んでおるのです。しかし、テレビをはじめとするマスコミは、○○を食べたら血圧が下がった。こういった原因と結果を一直線に結ぶことを喜ぶんだな。何でか。分かりやすい。何を食べればいいのかが、一目で分かる。視聴者は何も考える必要はない。ただ、テレビや雑誌、インターネットの情報通りにすれば、やせられるし、血圧も下がると思い込んでいる。しかしこれが落とし穴でして、ちゃーんと医者に診てもらうと、アナタにはそのやり方は合わない!! ということが多いようだ。テレビで、「○○が△△に効く〜!!」と言ってる人をよく見てほしい。単なるアナウンサーであり、タレントですぞ。その台本を書いてるのは聞きかじり屋のライターだし、もっと勘ぐれば、ある食品を売りたいメーカーが、金を出して番組枠を買ってるかもしれんのだ。気を付けよう。○○さんが、△△を食べて××になった……。この手の話に保障も裏打ちもない。マネをして体調をくずしてからじゃ遅いのです。

宗教訪問されたら

ピンポーン。「ハーイ」。「突然ですみません。神様の話をさせていただけますか」

真っ昼間に自宅におると、よくこの手の宗教訪問を受けるのです。会社勤めの人には分からんだろうが、おいさんのような文筆業をやっておると、昼間は家に閉じこもってます。それが仕事をしてるあかしなんですね。しかし東京という町はたまらんくらいこの手の訪問者が多いので仕事をジャマされて困……っておるかというと、困っておらんのだ。どわっはっはー。おいさんは宗教訪問撃退の名人だったんです。あの、うっとうしい宗教訪問をどーやってはね返すか。事例を並べてみよう。

一、「このパンフレット、読んでください」。―この場合、渡されたパンフレットを声に出して読み始める。すると相手は、イヤ、後で読んでいただければ……とくる。すかさず、「なーんだ、字が読めないから読んでくれって言ってんだと思ったじゃーん。字が読めるなら自分で読みなさいよう。全くう」。このくらいバカにすれば、大抵帰る。

二、「神の教えを伝えに来ました」。―こう切り出すと、後はかってにベラベラ話し出すのだが、「ちょっと待てえ。おれも宗教にはちょいとウルサイ男ぢゃ。お前が話したのと同じ時間、おれも宗教の話をするから、きちんと聞くやろなあ」と言うと、まずあきらめて帰る。

三、「神様の話を……」—と切り出されたら、まず半眼を閉じ、遠くを見るような視線で厳かに口を開く。「神のお告げがありました。私こそが救世主であると名指しされたのです。あなたのいう神様が私を救世主に選ばれたのです。私の言葉に従うことが、神に従うことです」。このくらい言えば、訪問者も「アブナイ人だ……」と、早々に引き上げる。

四、「神様、全能の神の教えをぜひ……」。—むげに断ってはいけない。「聞きてえなあ。えっ、その神様ってえ話、ま、ま、玄関先じゃあ何だから上がってくださいまし。トコトン聞かせていただきますよう。何せこちとらヒマを持て余してんで。じっくり聞かせてもらいますから、途中で帰っちゃイヤですよう。もう今日は一日、ああたの話を聞いて過ごしやすから。ハイ。いやあ、こいつぁありがてえお客人だあ。タダで話を聞かしてくれるんってんだから。それも、まだ会ったことのねえ神様の話とくりゃ、そうだっ。すしでも取りますか。ねえ、すしつまみながらってえのはどうです。あっ、どうしたの？　帰っちゃうの？　何でえ？　ちょいとお、おばさーん、ねえっ、どこ行くの？　神様によろしくね」

地方赴任は楽しんじゃおう

このおいさんは現在仙台におります。といってても旅行者としてでも、仙台市民としてでもない。いわば、単身赴任者のレスキュー隊ってとこですか。三十年近く連れ添った同居人（魚柄和音《ワイン》という……のはウソ）が三―五年間の単身赴任となったからなの。単身赴任というと、浮気、孤独感、家庭崩壊、自殺……と、暗あい感じが持たれがちだが、やってみるとなかなか面白い。知人に検事がおるが、この人なんざ二十代から五十代になるまでに何回地方都市を移動したことやら。また大手の自動車メーカーや商社に勤める人たちも日本どころか世界あちこちを転勤しております。その転勤の中にはいわゆる左遷もありますが、そうそう悲観的になることもありますまい。

食べてゆくためには会社の人事も受け入れなきゃならん。この人事がイヤなら会社を辞めろと言われて、ポイと辞められるならそれもいいが、大半の勤め人はなかなかそうもできますまい。時には家族みんなで、時には自分一人で遠隔地へ赴くことになるのです。これを「飛ばされた」ととらえ、寂しさや悔しさを感じながら暮らしても三年は三年。だったら開き直ってその土地でしか体験できないようなことをやりまくってやろうじゃないの。

おいさんは九州で十八歳まで暮らし、その後の三十二年間はずーっと関東。東京暮らしも二十五年を越えたし、仕事もほとんど東京でやっております。だから、講演で仙台に来ることは何度もあったが、仙台で暮らすということは生涯ないだろーなーと思ってたんですね。しかし、同居人のマンションが仙台にあるとなればいつだって仙台で暮らせるんです。これが面白い。年に十回くらいは仙台に来るし、来れば十日くらいは滞在するから東北の食べ物や酒にも詳しくなる。なじみの魚屋、八百屋、酒屋もできたし、宮城の農家の人ともつきあいができ、その農産物を売り出すためのプロデュースも引き受けるようになったですよ。その気になれば、どんな地方都市でも何らかの得るものがあります。こちらから積極的に働きかければ、得るものは必ずあるんじゃなかろーか。人によっては赴任先にすっかり溶け込んで、そのまま居着いちゃうってこともよくあることです。仙台赴任も二年になろうとしておりますが、おいさんも同居人も別に溶け込もうとか思ってはおらんのです。しょせん、「よそモンだもーん」でよいではないか。仙台人の悪口も言わんが、あまりベタベタはしない。いずれは東京へ戻るまろうどです。五年といえば、今日までの人生の十分の一の時間ってことになる。トコトン地方都市を楽しまにゃ、もったいないない。

沖縄ブームのワケ

初めて沖縄に行ったのは、一九七七年だった。車は右側通行だし米軍の放出品やヤミ洋酒がゴロゴロして、とても日本って感じじゃなかった。まだ二十代の青年だったボクちゃんは、大学の農学部畜産科にいて、全国の畜産試験場をバイクで回っておったんです。北海道の大型畜産事業を見て、「借金まみれで輸入飼料頼みの畜産」に幻滅し、自分は農業以外の仕事を考えよう、と決めた直後に訪ねたのが沖縄でした。肉牛と乳牛を飼ってる人の家に十日ばかり泊まり込んで仕事をしたんだが、北海道の大型畜産と比べ、なんとのんびりしたことか!!　とビックリしたですよ。

夏の短い北海道では、八月の約二週間で牧草を一年分サイロに詰める。また、牛も百頭以上おるから朝晩の搾乳もヘトヘトになるほどつらい。反対に沖縄は一年中牧草が育つし、頭数も二十五―三十頭なのでノンビリと仕事ができる。夕方からは泡盛飲んで大騒ぎ。二十代の青年としては、沖縄だったら自分も農業をやれるのではないか、と思ったんですね。しかしその後、何度も沖縄に行き、沖縄の人とつきあううちに、「ちょっと待てよ、ヤバイかも?」と思うようになったんでした。

確かにのんびりした土地柄である。細かいことにこだわらない。争うより、まあまあと納める感じが漂う。今日、沖縄にあこがれる人もそんなのんびりしたものを求めているのではないだろうか。青年魚柄もそうだった。しかし、それらは裏返せば、ルーズであり、向上心に欠けてるってことでもあったんだ。

沖縄で親しくなった新聞記者、ミュージシャンたちとその点について話してみたら、どうやら沖縄被支配歴と関連があるらしい。日本と中国の間にあり、両方から圧力をかけられた琉球王朝は、どちらにもいい顔しなけりゃいけなかったから、それが沖縄のあいまいさを生んだという説を何人かから聞かされた。それが当たってるかどーかはそれぞれの人が判断することなのだが、青年魚柄は何となく分かる気がしたものでした。

その後、何度も沖縄には行ったが、心ワクワクすることは無かった。ヤマトンチューが多数移住しておるが、皆さん、「癒《い》やされる島」とおっしゃっておる。確かに空も海も美しく、のんびりとした時間に漂えるが、利益を生み出す産業が少なく、公共事業頼みの島にバイタリティはあまり感じない。競争原理から逃げた人には住み心地がいいのかもしれない。今日の沖縄は逃げて行く島になってんじゃないだろうか。たしか男の自殺率は日本でも上のほうだったと思うが。

血縁、地縁、人の縁

古きよき日本では年を取ると子供たちに養なってもらうのがフツーでありましたが、二十一世紀の今日、そんな孝行者は珍しい時代になってきた。特においさんのような子供のいない人間は連れ合いと二人、何とか生きてゆかねばならん。そこにもってきておいさんは悪運が強いらしく、連れ合いが先にいってしまうかもしれない。となると一人で暮らさねばならん。こんな不安を抱えてる中年さんも昨今では多いみたいですぞ。もう、すでに老人と呼ばれる年齢に達している先輩がたはどう暮らしておられるのか。興味のあるところです。幸いおいさんの場合、年配の友人が多いのでこっそり観察しながら自分の老後を考えてみたのでした。

かつての日本の社会は農村型でして、親が子に田畑等の財産を譲り、子供は親の生活を見るというパターンでした。しかし社会が多様化してきて親は自己完結する時代になり、血縁というつながりがあまり意味を持たなくなった。おいさん自身、親と一緒にいたのは十八年間で、その後の三十二年間は親とも兄弟とも数年に一度会う程度になり、今日では親や弟がどんな暮らしをしてるのやらサッパリ分からん。しかしその分、今、暮らしている東京という土地の縁でつながる人たちはたくさん持てた。つまり、血縁は薄くなったが、地縁は濃くなってきたわけです。

今日の東京のような巨大都市で暮らしてゆくなら遠い親戚より近くの他人ではなかろうか。高齢者の割合が増え、老人が老人を見なければならない老老介護時代が始まっております。そこで新しい形として生まれてきたのがコーポラティブ住宅でしょう。赤の他人、数世帯から数十世帯でお金を出し合って理想の集合住宅を建て、プライバシーを尊重しながら助け合って暮らしてゆくというものですね。これが人の縁。そのためにも信頼の置ける人、何か特別な才能、技術を持った人、ある程度お金をためてる人などの縁を持っておくことですな。

おいさんは、何人かの友人たちと、いろいろなコーポラティブ住宅計画を練っていて、どうなるかはまだ決まってないものの、少しずつ実現可能なプランに近づけておるのです。そのプランの中で面白いのを一つ。図のようなおうちで、真ん中が「食堂兼居酒屋」スペース。この二階がおいさんの部屋。他の四世帯は通路の先に独立したおうちを建てる。通称ヒトデハウス。チームに参加できるのはまず何かのスペシャリストであること。どーでしょか。

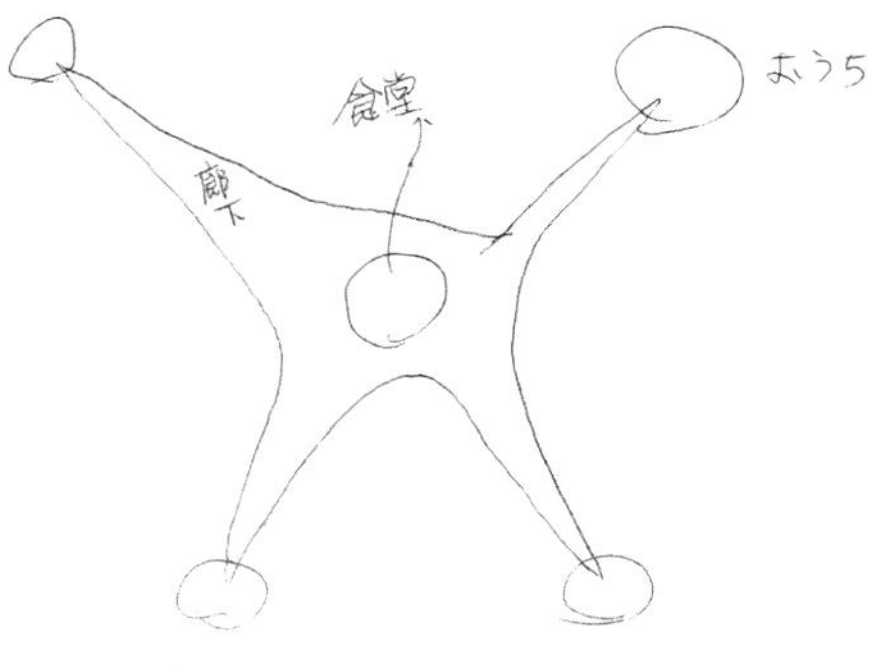

落語に教わったこと

現在、落語ブームであるらしい。若い人もよく落語を聴くようになったそうだが、おいさんの子供のころは大人も子供も娯楽といえば落語だった。一九六〇年代はまだラジオで落語を聴く時代だったんですね。少年魚柄は野球、相撲などより圧倒的に落語、漫才のほうが好きでした。古典から新作までテープに取っては繰り返し聴きまくっておりました。この落語とのおつきあいが大人になり、社会人となったとき、大いに役立ったと思っております。二輪店、古道具屋、著述業等の仕事をしてきたわけですが、接客、話術、文章構成術など、ひとえに落語に教わったものだと思っておるのです。

人に何かを売る、薦める、読ませる場合、相手にいい印象を与えなきゃならない。相手をワクワクさせないと商売にはならん。そんなときに落語特有の「間」の取り方、とぼけ方、笑われ方が役に立つのです。マクドナルドの接客のような完全マニュアル化したものと異なり、落語は情況、人に応じた話し方をします。そしてアドリブが入り、必ず「オチ」が着く。商売人にとって必要な話術が落語にはぎっしり詰まっておるのです。

また、落語の世界にはでっち上げ話、ホラ話が山のように存在する。この「小ばなしをとっさに作る」ということが、講演で話すときにメリハリをつけるのに役立ったですね。

商談するとき、交渉するときには、漫才におけるボケ役、聞き手側の姿勢に見習うものがある。ツッコミ役の話をひたすら聞くだけでなく、相手が気持ちよく話せるように、話を引っ張り出す技術が漫才のボケ役にはあったんです。

よく、食生活改善の講演会で、ストレスと食生活について話すんですが、そのときには河島英五氏の「酒と泪と男と女」（ワーナーパイオニア　七六年）を引き合いに出させてもらっております。あの歌詞はストレスを解消する方法が、男と女ではこんなに違う!!と比較するのにぴったんこなんですね。ギター弾きながらこの歌を歌いつつ、歌詞の「おかしな」点にツッコミを入れるという、昔、関西漫才コンビ、人生幸朗・生恵幸子がやってた手法を使わしてもらっておるのです。これは、ほとんどの聴衆が腹を抱えて笑ってくれ、ストレスというものを楽しみながら理解しておるようです。

インターネット、メール上でしか会話をしない二次元的コミュニケーション全盛の今だからこそ、間があり、落ちがあり、人情、ホラまで入り交じった「三次元的コミュニケーション」に人々は「ホッ」とするものを感じておるのではなかろーか。

東京にローカル・キャラを

地方へ講演に出掛けると、大概、町中のビジネスホテルに泊まっている。そしてその地方のローカルテレビ番組を見るのだが、これがなかなかよろしい。全国放送で顔をよく見るアナウンサーやタレントはまずいない。いわば地元だけのスターがおるのです。そして番組の内容もズバリ地元密着型で、○○スーパーの特売もあれば、地元のケーキ屋巡りもあり、スポンサーも地元パチンコ屋とか、聞いたこともないスーパーだったりする。ＣＭタレントもまるで学園祭レベルだったりするのが、手作り感があってよろしい。

それに引き替え、東京のテレビのつまらんことよ。大半の番組がタレント（何の才能もないのにこの言い方は変だが）を何人かスタジオに集め、内々の話で盛り上がってるだけ。あれなら大手居酒屋でバカ話に盛り上がってる集団を見てたほうがまだ面白いわ。かつてテレビといえば街頭に置かれ、多くの人が力道山や長嶋を見るものだった。大企業がスポンサーとなってドラマを作ってた。しかしテレビによる宣伝効果が薄れてきてからは金をかけ、手間をかけて番組は作れなくなったので、安くて手軽なバラエティー中心に移行したのだろう。そうなるとこれから先、テレビはニュースやスポーツ、映画くらいしか、見る必要はなくなるんじゃなかろーか。しかし、それらもインターネット、ケータイで見られるわけだから、テレビの必要性って薄れてしまうでしょう。

そんな時代になってきたから、余計に、ローカル放送が面白く感じるのであります。ローカル放送はマスコミではなくミニコミですな。大抵一人か二人は地元の方言丸出しのキャラクターがおる。東北の放送だと夕方は必ず「おばんでーす」が繰り返されるし、そのものズバリ『ＯＨ！　バンデス』（ミヤギテレビ　一九九五年〜）といった番組もある。他の局では、まるで学芸会みたいなコーナー名、「ロッケンロール大作戦」（『土曜のてっぺん』ＴＶイーハトーブ　二〇〇五年〜）などというのもある。確かに東北は六県あるが……。

関西に行くとこれはもうコテコテの関西オンリー番組の割合が大きくなり、東京では全く知らん芸人さんが、大スターだったりする。関西のテレビには何度か出たが、関西圏における内輪の結束は固い。スポーツ関係もお笑いも、歌手も、関西村の村民意識が強く、すぐ仲良くなってるようだ。これからのテレビはこういった地元密着、村意識満載でいいのではないか。テレビがマスコミを代表する時代ではなくなったのかもしれない。できれば東京でローカル・キャラクターを見たいと思ってるのはこのおいさんだけではあるまい。

ドロボー対策

セコムのＣＭに出ていた長嶋茂雄さんの家にドロボーが入ったという事件があった。いかにも長嶋さんらしくて笑っちまったが、セコムさんは「参ったなあ、チョーさ～ん、しっかりしてよ」と思ったことでしょう。

　昨今、一般の家庭でも、防犯対策は二重三重に張り巡らせておるようです。銀行ならともかく、フツーのおうちでよくぞそこまで……といった三重ロックやアラームを施しておるんですね。窓なんざ開きっ放しで買い物に出掛けてる私んちはまるで「ドロボーさん、いらっしゃあい」ってとこでしょか。

　とはいえ、生まれて五十年たつが、ドロボーに入られたことはないんですな。そのひけつは何なのか。戸締まりがいいのか。セコムなのか。そんなんじゃないのよ。恥ずかしながら「盗まれるような物が無い」ってことみたいだわ。そう、金目の物が無いんですなあ。うちの中には。

「ドロボー対策のツボはビンボーだ」と言ってしまえば、話はそこまでになっちまう。それじゃ話にならんので、本当のことを言ってしまおう。二重ロックだ、サムターンカバーだ、アラームだと防犯グッズを着けまくってても、本気で盗もうとするやつらにとっては何の役にも立たないってことです。

ドアが鉄製で三重ロックしてあっても、ドアそのものをちょうつがいの所で、ボコッと取り外して侵入するくらい、三分とかからん。ガラス窓のガラスを厚くしても、二重にしても、バーナーで焼く「焼き破り」をすれば、ロックはすぐに開けられる。コンクリート壁もドリル等を使い、十分で破られる。暗証番号のロックも警備会社への通報も、ケーブル切断、コンピューター解除の技術があれば役立たずとなる。つまり、やる気になればどんな防犯グッズも役に立たないってことだ。

だとするとワシらはどうやってドロボーから身を守ればよいのだろうか。至って原始的に見えるかもしれんが、実は隣人の目というものが最も役に立つのです。

今日の日本では、隣人と口もきいたことがないという人も多いようだが、もっと積極的に隣人とつきあうことが防犯にとって有効なんです。見掛けない人がお隣さんちの前でうろうろしてたら、「魚柄さん、お出掛けですよ。何か言《こと》づてでも?」と声をかけてくれるんですね。これが、ドロボー抑止力となる。隣近所の人の目が光っている所って、ドロボーにとって仕事がしづらい所なのだ。最新の防犯グッズもよかろーが、向う三軒両隣的、人情ロックも役に立つのです。

熟年離婚回避法

団塊の世代が定年を迎えると熟年離婚が増える、かもしれないとマスコミが言っておりますが、言うに及ばず、すでに熟年離婚は増加傾向にあるようだ。近年このテーマがテレビのドラマになったくらいだから、ある種の社会現象なのかもしれませんね。男の中の男、渡哲也が、美女代表、松坂慶子に向かって吐くセリフが「俺が一体、何をしたと言うんだっ‼」。それに対し、離婚を切り出した側は「あなたが一体、何をしてくれたと言うのっ‼」だったと思う。こりゃもう認識のしかたが違うんですわ。外で金を稼ぎ、家を建てたことで役目を果たしたと思う男と、自分は何十年間も家庭や地域に閉じ込められて、それを一人で背負わされたと思う女。このセリフに語られとりますな。ドラマは見なかったが、この予告CMのセリフは分かりやすかったです。

自分たちは大丈夫と思っていても、何かの拍子で離婚ってこともある。絶対に離婚しないカップルは、うちみたいにそもそも結婚してない場合くらいだが、それは法律上の話であって、別離する可能性は、やはりあります。男と女である以上、幾ら結婚式で永遠の愛を誓っても年月を経れば気持ちも変わる。中にはサッサと別れたほうがいいケースだってありますわ。暴力、浪費などの激しい人と一緒にいてもバカバカしい。そんなときは早めに別れたほうが、より、充実した人生になるかもしれんです。そういった、どーしょーもない相手と結婚しちゃった場合のことでなく、そこそこうまくいってるのにいきなりの離婚話が出た場合、誰でもうろたえ、驚くものでしょう。同居歴約三十年のおいさんでもうろたえると思いますが、そのうろたえを最小限にする準備をしておるのです。何とも手回しがよすぎるようですが……。

その日、そのとき、相手に対してしてあげられることは精一杯やっておくことです。あのときこうしてあげればよかった……とか、あんなこと言わなきゃよかった……などということを、可能な限り減らすこと。つまり相手に対して常にベストの対応をしておけば、仮に別れ話が出ても「あれだけやってダメなんだったらしかたないか……」とあきらめがつく。だって、どうガンバっても、それ以上はできないんだから。捨てられたくなくば、もっと一生懸命に相手の求めることを与えなきゃ。仕事一筋もいいが、それがカッコイイと思ってるとアブナイのです。離婚は結婚よりはるかにエネルギーを必要とするし疲労もする。高齢者には厳しいものですぞ。「俺が何をした？」ではなーんも分かっておらん。「何をしてくれた？」には負けるのです。

家事は生活するためにやる

男女共同参画事業というものにお国が力を入れておるらしく、「家事の達人男」だとかいわれて講演会に引っ張り出されております。男も、もっと家事をしよう。あと三十分、おうちのことをしましょう。男も育児に参加しよう。こういったことを行政が盛んにケーモーしておるんですね。ワシらのゼーキンを使って……。ギャラもらって講演しといて言うのも何だが、「大きな、お世話じゃ!!」。これが本音です。確かにあたしゃよく家事をやっておる。買い物、料理、家計簿、ゴミ出し、布団干し、町内会の役員……。この二十七年間、ずっとやってきたが、だからってよその人に「君もやりなさい」なんちゅうことを言う気はサラサラない。十の家庭があればそこには十通りの家事のやり方があります。うちの場合は仕事の性格上、こうなったんでして、よその家庭とは事情が違うんでした。

考えてみると、うちの父親という人は、まーったく家事をしない人でした。雨が降ってきても洗濯物を取り込もうともしない。料理屋としての職業上の仕入れや調理はしても、家庭の食事作りは、やってなかった。今日よくいわれておる男女共同参画事業からみたら、見事に失格であったでしょう。しかし、うちの母との間ではそれで折り合いがついてたんだから、それでもよかったんじゃなかろーか。最近の男女共同参画事業によると「家事を楽しくこなすコツ」などというものも述べられておるんですが、そもそも家事が楽しいですかあ？　そりゃ、お掃除オタクとか、料理が生きがいの人にとっては楽しかろーが、もし大半の人間が家事好きだったら、今更「もっと家事に参加しましょう」なんて言うこたあなかろう。洗濯するのと、こたつに入ってみかんを食べるのと、どっちが好きですか。

私は料理本をたくさん出してるから周りの人たちは「お料理好き」と思ってるようだけど、実は全然好きではない。酒飲んでるほうが好きであります。料理好きでないからこそ、いかに手早くおいしく作れるかをひたすら研究したんですね。そうして生まれたのが短時間でうまくて安く料理を作る技だった。これが『台所リストラ術』（農山漁村文化協会　一九九四年）になったんです。家事なんてちっとも好きじゃないけど、やんなきゃ生活してゆけないからやってるだけです。そして、うちでは同居人より私のほうがはるかに適性があるから、私がやっておる。それぞれの家の中で折り合いをつければよろしい。

お役に立つ家庭科の教科書

親元離れて独り暮らしを始める人、結婚して新生活を始める人、定年後、一人で暮らすことになった人、つまりこれまで家事は誰かに頼ってたのが、これからは自分でやることになった人にとってすこぶる役に立つ本があります。といっても本屋で売ってる実用書ではないんだわ。中学、高校で使う技術家庭科の教科書であります。だまされたと思って技術分野、家庭分野、共に目を通してみてください。実生活に役立つ内容がぎっしりですぞ。食生活の組み立て方の項を開くと、一日に必要な栄養素やら、そのためにどんな食品がよいのかなどなど、とても分かりやすく載っている。必須アミノ酸が何であるのか。それを取るための食品は何なのか。全くの初心者にも分かるように書いてある。また、妊娠、出産、育児などの基礎知識も丁寧に書いてある。また、家電製品の安全な取り扱いとか掃除や裁縫のやり方なども載っていて、正に生活のための知識満載といったところであります。

さて、何で子供のいないこのおいさんが中・高生の家庭科の教科書に詳しいのか。実は、ある雑誌の依頼で家庭科教科書をどう思うか書くことになり、出版社から四冊も送られてきたのがきっかけでした。中・高生向けに書かれてはいるが、当の生徒さんがたはこれっぽちも興味を持たんと思ったです。親にご飯を食べさせてもらってる中・高生が必須アミノ酸に興味を持つだろか。母子手帳に関することなんて妊娠するまで見りゃせんのじゃなかろーか。四冊すべてに目を通した後、じっくり考えて評論したですよ。

家庭科の教科書には、社会人として家庭人として暮らしてゆくための知識が、広範にわたって述べられている。正に「親元離れしたときには役に立つ知識」にあふれている。ただし、中・高生にとっては、それらがどうして必要なことなのか実感がわきにくいのだ。だから中・高生のうちはこんなの読む必要はない。知識を詰め込んで「必須アミノ酸は〜、エート、リジン、メチオニン……」なんて暗記する必要はない。それより直火でご飯を炊いたり、自転車やアイロンを修理したり、おむつの取り替えをやってみることが大切だと思う。そうやって実践体験を重ねておき、親元離れたとき、子供が生まれるとき、家庭を築いたときなどにもう一度この教科書を読み直すとよろしい。自分で家事をやんなきゃ……という事態になったときにこの教科書は役に立つのです。本当は成人式で配ったほうがいいのではないかとおいさんは思うのです。

みんな違って当たり前

山手線のホームで電車を待ってたら、白いつえを突いた人が隣に立った。ちょうど電車が来たので、そのかたに横から声をかけた。「今、ドアが開きました」。そして彼は私の肩に手を乗せ、一緒に乗った。私と同年輩の彼は礼を言ってドアのわきに立ち、手すりを握ってたんですが、座席に座ってたかたが立ち上がり、「どーぞ」と席を譲ろうとした。するとこの人、「私は、目は見えないけど、足腰はかなり丈夫なほうですから。気持ちだけ頂いておきます」と笑顔で答えたんですな。なるほど。言われてみりゃそうだわ。それに目が不自由だと電車を降りるとき、ドアの近くにいたほうが便利なんだそうだ。だからいつでもドアの近くに立つようにしておるらしい。

シルバーシートにも「お年寄りや体の不自由なかたに席をお譲りください」と書かれており、この国の人は他人に優しいから障害を持つ人に席を譲る姿をよく見掛けるが、障害にもいろいろな種類があるんですなあ。

私は十四歳で左目を失明したから片目歴三十六年になる。失明した後、周りの人たちが口々に「距離感がなくなるんでしょう」だの、「車の運転とかできないよネ」だの心配してくれたが、ぜーんぜん不自由はなかったです。障害のない人から見たら「大変だろーなあ」と思うようなことも、本人にとってはそれが「普通」なんだから、あまり「大変ね」と言われてもピンと来ないものでもある。そりゃ交通事故でいきなり車イス生活になった場合など、当初はえらく大変でありましょうが、受け入れるしか、しかたないので、よりたくましく乗り切っていくようであります。

私の左目の障害なんざ、話にもならんくらいの軽い障害でして、世の中には片時も誰かの介護無しでは暮らせない障害がたくさんある。しかしそういった障害を持つ人が卑屈になることはない。車イスを押すという体験を与えているともいえるでしょう。

寝たきりの人の体をタオルで清める体験は、寝たきりの人がそこにいなくてはできないことです。三十歳のころ、うちの同居人が足の骨折で二、三か月寝たきりになったとき、排便から体ふき、食事介助と、すべてを引き受けたことがある。最初は要領がワカランため、ぎこちなかったが、三日もやるとかなり上達する。そして、その経験があったから、食生活改善や介護食作りなどの本も書けた。生活弱者の立ち場を理解するためにもいい経験だった。そんな経験をさせてくれる、この一事だけでも障害者に教えられるものはある。

介護はされる前にしよう

若い日のことだ。三十歳になる直前、僕はいきなり「寝たきりさん」の介護をやる羽目になった。古道具屋をおっ始め、それがマスコミにも取り上げられて、大忙しのときに、介護おじさんの役回りが巡ってきたのでした。うちの同居人がプールで足を滑らせ、大腿骨頚部骨折という、とんでもなく厄介な骨折をしてしまった。即刻入院。足の骨にボルトを通し、それにヒモをつけて骨を引っ張った状態でベッドに寝かされる。これがアナタ、二か月続くのです。体は上半身といえど起こせないから、寝巻き、パンツ代わりのT字帯、シーツは介護者が替えにゃならん。体をふくのも尿便を取るのも、ご飯を食べさすのもすべて介護任せ。ところが担ぎ込まれた病院が完全看護ではなかったので、付き添いが必要だと言われた。やりましたよ、あたしゃ、生まれて初めての介護でしたが、これがいい勉強になった。同室の患者は皆さんお年寄りの寝たっきりで、夜中にいきなり授業を始める元小学校教師のおばあちゃんもおりました。一日三回病院へ行き、食事、尿便、体ふき等をやり、帰るとすぐに寝巻きとT字帯を洗って、のりを利かせ、翌朝届ける。リハビリまで含めると三か月の入院でしたが、何とか持ちこたえたです。

いずれ年を取ったら親の介護、連れ合いの介護などは避けては通れないが、若いうちに体験しておくと、覚悟というか、自信というか、ある程度は腹をくくれると思います。しかもこちとらの介護には「いずれ治る」という明るい見通しつきだから、悲壮感がない。だから割と、もの珍しげにテクニックを覚えられたんですね。と同時に同室に入院している見通しの暗い人たちへの介護の姿勢もいい勉強になりました。

元気に飛び跳ねてる人間にはよく分からん「寝たきり人のニーズ」って、本当にいろいろと教えられるものです。食事が被介護者にとってどれだけ楽しみであるのか。どーでもいいような周りの出来事を話して聞かせたり、グチを聞いてあげたりするのも介護なんだな、と思ったです。寝巻きを洗濯するだけでなくノリづけしてパリッとさせることが、スコブル気持ちいいらしい。病院食があまりにまずかったので、いつも、弁当を持って行っておりましたが、夕食には、さしみも食べておりました。被介護者、つまり弱者が何を求めているのか。これは現場体験無くしては分からんのです。社会生活者になったら、忙しい時間をやりくりして一度は介護体験をしておいたほうがいい。いずれアナタも介護されるんだから。

卒業前に何をする？

定年とは一種の卒業である。子供のころは幾つかの卒業を経験してきたハズだが、大学の卒業から三十数年間、卒業から遠ざかってた人には、久々の卒業になるんですね。

小学校、中学校、高校等の卒業のときはどんなもんだったろう。無事に終了した「達成感」、友人たちと別れる「寂寞感」、次の人生への「期待感」……これらが入り交じったものではなかっただろうか。その後、社会に出てお勤め一筋三十五年なんてことになると、その間にコレといった卒業が無いものだから、定年という名の卒業でガクっと力が抜ける人も多いようです。定年という卒業の先に「期待感」を持つことはムズカしいかもしれない。好きなことをやればと言われても、何もできない、ひいては、何をしたらいいのか分からない。慣れない卒業の後、通う会社もなく、話す同僚もなく、しなければならない仕事もなく、守るべき決まり事もなくなる。管理された職場と縁が切れることで、管理されていない不安感に襲われる。こうして定年後、引きこもったりする人もこれからは多くなってゆきそうであります。

こうならずに済むためにも私は何かにつけて自分で卒業することにしておるんです

ね。二輪店を開いたとき、これは商売を知るための入門編だからせいぜい二年くらいで卒業しようと決め、実際、一年八か月でサッサと店を譲り、年上のおじさんと共同で古道具屋を開いた。共同経営もやはり商いの勉強だったので五年で卒業し、古楽器屋を始めたが、これは物書きやペーパーナイフ作家になるための人生経験だから、やはり五年で卒業。その後、食生活や食文化の本を書き続け、途中でマンガの原作や、エンターテイメント系、食エッセイを四、五年書き、これも卒業。

こう振り返ってみると、年を重ねてゆく間に、自分の中で「これはもうここまでだな」と卒業を繰り返してきたようです。二輪店、古道具屋をやめるとき、そりゃどこかに寂しさもあったし、明日からもういつもの客にも会えないし、隣の店のマスターとのバカ話もできなくなるなあ……とは思った。しかし人生って出会いがあれば必ず別れがあるもんですから、日常的に「まあ、こんなもんかあ」と慣れてたほうがいいんじゃなかろうか。一九九八年、三月二日、父、危篤。一晩中病院のベッドわきに座って原稿を書いてました。もう意識は戻らなさそうだ。そのとき、これが父の最後の卒業なんじゃなと思ったです。一週間後、あの世へ旅立ったですが、父を失った喪失感より、この世を卒業した父への「おめでとう」の気持ちのほうが強かったです。

家は住むためにある

以前借家に住んでいたことがあるが、そこの家主さんが神経質なくらいに家を大切にする人でした。築四十年にならんとする和風建築でしたが、床も壁も天井もぴっかぴかだし、柱も無傷。そりゃまあ、気持ちのいいことには違いないが、針も画ビョウもセロファン・テープも使っちゃダメだという。大家さんは七十歳を過ぎたご老人だったが、親が建てたこの家を守るのが老後の生きがいみたいなかたで、借家人が替わるときには約半年もかけて室内を新築同様に手入れしておったらしい。あたしゃ家って人間が快適に住むためにあるものだと思っていたが、どうもこの家では違うらしい。人は家を守るための召し使いなんだなあ。

人間が成長するに従って、その住まいも成長してゆくべきだ。新婚アツアツの若い二人なら、六畳にキッチンでもシアワセであろう。子供が生まれてから成人となり家を出るまでの二十数年間は、子供部屋も要るし、家財道具を置くスペースも必要だから、三DK以上が欲しくなる。しかし、子供が独立した後、夫婦二人っきりになるとすると、せいぜい二DKくらいのほうが、掃除も冷暖房も効率がよい。つまりそれぞれの年齢に似合った家が、住みやすい家といえるのではあるまいか。そうなると、そのときのニーズに合った借家に移るのってのも、一つの選択肢ですな。

知り合いのご老人夫妻が、子供の誕生時に二十年ローンで大きな家を建て、三人の子供を育てあげた。そして今、そのあまりに広すぎるダイニング・キッチンを改装しようとしたら、見積もりがなんと六百万円。ローンと子育てで、あまり貯金もなく、改装はムリ。二人っきりでだだっ広い台所、リビング……。あまり住みやすいものでもないらしい。これらの先人たちの話を参考にして、うちは、現在のところはだだっ広く、スタジオとしても宴会場としても使いやすくしてあるが、将来は狭い幾つかの部屋に簡単に改装できるように作ってあるのです。

人間の一生なんて、六十―百年です。国宝級の家に住んでるならともかく、釘も打っちゃイカンなんて、実にくだらんです。住みやすいように使えばよろしい。小さな子がいれば、ふすまは破れるもの、落書きはされるもの。それでいいではないか。形あるもの、必ず壊れますわ。新築同様に維持するためにセッセとメンテナンスに時間を費やすなんて、人生もったいなかろう。家を建てることを人生の目的にするから、その家の召使いになってしまうのではないだろうか。家は住むためのものです。

子育て初めの一歩を出そう

少子化対策なのか、最近、家事、育児に関する講演会が、よく開かれるようになってきた。男の家事について私もよく話をさせられるのですが、若い男女を見ていると、家庭を持つことや子育てをすることにえらく不安を持ってるように思えるんです。「子育てをするお金が……」「まだ若くて経済的に厳しい」などの理由で今一歩踏み出せないでいる人々が多いようです。そういう現状を踏まえてのことか、行政が「育児支援のための制度」に力を入れております。保育時間の延長とか、保育施設の拡充、金銭や住宅の援助など、税金を使って至れり尽くせりといったサービスぶりだが、果たしてそれで若い人がさっさと子供を生み、育てるようになるのだろうか。二十一歳で私らは二人一緒に暮らし始めたんだが、経済的なゆとりも、将来の保障もまーったく無かった。それどころか、大学を卒業することも就職も、全く展望が無い状態であったんです。いわば怖いもの知らずでしたが、今日の若い人たちはあまりに恐いものを知り過ぎてんではなかろーか。子供一人を大人にするまでに何千万円が必要だとか、もしリストラにあったら……等々、不安材料が現代では確かに多くなってきております。それらをすべてクリアしてから、さて、結婚して子供を育てよう……としても、もう年齢的に無理ってこともある。私ら二人には子供はできなかったが、もしできたらできたで何とかしてたと思います。

そもそも結婚だ、出産だ、育児だのって、ハナっから自信のある人なんぞおりますまい。なのに、あまりためらってばかりおると、時間だけはいたずらに過ぎてゆきます。出産だけに絞ってみると、女性の場合十六歳から四十歳くらいの間ってことになる。しかしその間は仕事もバリバリやれるときでもある。これまでは家庭を取るか、仕事を取るかの時代でしたが、これからは「開き直り出産、育児」の時代になってゆくでしょう。産休、育休を取ったがために左遷させられたら大いに居直っていいのです。「育休を取ると関連会社へ出向させられるので……」とびびってる男の人がいた。職場が変われば、また新しい刺激もあるだろうし、そうまでしてしがみつかなきゃならんもんだろうか。それより、一生のうちでたったの一年間、わが子と向き合える時間をむざむざと放棄することのほうが損失は大きい。会社があなたをクビにできないくらいの存在価値を身に着け、思いっきり居直りましょう。

育児に優しい時代だから

一九七〇年ごろは人口を抑制しなきゃといわれておったし、中国では一人っ子政策が採られておりました。ところが今日の日本は人口が下り坂になり、このままだと産業を支える労働人口の確保も難しいといわれております。で、にわかに少子化対策というものを国が先頭に立って言い始めたんですね。うちのように子宝に恵まれなかった家庭は、何だか「スミマセン」といった感じなんだが、子供が少なくなった今日、十年、二十年前と社会での現象に異変が起こっておることに、おいさんは気がついたのです。

七〇年代から九〇年代、東京の町中でベビーカーを押してる女性、電車の中でぐずつく幼児をあやす女性、公共の場で騒ぐ幼児、に対する他の住民の目は正直いって冷ややかだった。電車の中で泣く幼児をだっこしてる若いママに「静かにさせろよ‼ メーワクだろ」と言う男を、かつてはよく見掛けたものです。また、幼児をだっこしたママが三、四人で喫茶店でお茶を飲もうとしてもベビーカーの入店を断ったり、騒ぐな、泣かせるなとクレームをつける店もありました。それが二〇〇〇年以降大きく変わったと思う。

ベビーカーを押しながらドアを開けたり、エレベーターに乗ったり、降りたり、バスに乗ったりするのが大変なことであると認識できる人が確実に増えてきております。別に誰かに教わったわけでもないんだろうが、おしなべて理解度が高まってきたように思えるんです。もしかしたら「種の保存本能」が作用しているのかも……。

おいさんの周りにおる若いカップルの中には、経済的な不安などから「子作りは、今少し……」とためらってるケースも多いです。そんな人たちに対して社会の幼児、妊婦、若夫婦に対する優しさ、面倒見のよさが届けば、彼らも安心して子育てができるのではないでしょか。

ただ、今の時代、とんでもないバカ者がいて幼児をかわいがるフリをして殺したり、妊婦に手を貸すフリをして性暴力に走ったりすることがあるから困ったものなんです。でもそのようなバカ者と間違えられることを恐れず「お手伝いしましょうか」の姿勢を、我々はもっとフツーに出していきたいものです。おいさんは子供はいないが、妊婦さんの食事作り、幼児を抱えたママの台所手伝いなどはかなりやってきて、そういうサポートがいかに大切かを教えてもらった。だから今日も幼児にほほえみかけ、ベビーカーのお母さんに「手伝いましょうか」と声をかけるのだが、いかんせん長髪で怖そうな顔がイカンのか。幼児に泣かれてしまうし、ママは引きつってしまう。心優しいつもりのおいさんは困っておるのだ。

子供はアクセサリー？

米国で、美少女コンテストの常連だったジョンベネちゃんが殺害されてから十年後、やっと逮捕されたものの、容疑者は真犯人ではなかった。テレビで、殺害前の彼女のビデオをしきりに流しておったが、どう見ても異常としか思えなかった。まだ五、六歳でしかない少女が、歌手のマドンナ真っ青のコスチュームを着け、ド派手な化粧をして、体をクネクネさせてこびを売っておる。親は一体何を考えてんだろう。日本よりはるかに犯罪件数の多い米国、しかも猟奇的殺人、幼児レイプなどの本場ともいえる米国で、あんな格好をさせて、男を挑発するようなしぐさを教えたら、何が起こるかぐらい分かるだろうに。おいさんは年増好みだから幼児には興味が無いが、彼女の姿はかわいいとかキレイというものではなく、娼婦性を感じてしまう。美少女コンテストでスポットライトを浴びさせることに親が喜びを持っていたのだとすると、ジョンベネちゃんは明らかに親のアクセサリーだったと思われる。ダイヤの指輪を着けたり、ヴィトンのバッグを持って虚栄心を満たすのと同列のアクセサリーとして見ておったのではなかろーか。

これは米国だけのことでなく、日本の公園でも、程度の差こそあれ、見掛ける現象であります。若いママが幼い子供と競うかのごとき派手に着飾っているのをよく見るんですな。青バナ垂らしたドロンコまみれの子ではなく、まるで、お人形さんのような子供を見せびらかしてる。確かにとてつもなくかわいい子や美少女もおるが、あんまりドレスアップしないほうが身のためではなかろーか。子供はアクセサリーでなく、まだ人格形成されていない成長途中の人間なのだから。

親のかってな思い込みや溺愛で子供が勘違いをしてるいい例が、ボクシングの亀田選手でしょう。本人は多分、本気で正しいパフォーマンスと思い込んでいるんだろうが、誰が見ても関西のチンピラでしょうな。モハメド・アリが大ボラ吹きといわれたが、彼のは計算ずくの節度あるパフォーマンスだった。プロスポーツとして殴るのと、「表に出ろっ、ケンカなら買うてやる!!」とこぶしを挙げることの違いが親子、供に分かってなさそうだ。あれを「イヤ、演技です」とは言わせません。

他人をなめきった態度を取り続ける子供に対し、子供の好きなように、彼のスタイルを尊重したいとコメントしたようだが、この親も子供たちを自分の虚栄心を満たすためのアクセサリーと見ているのではないだろうか。親子の愛情についてよーく考え直さないととんでもない悲劇がまだまだ起こりそうな気がしている。

祭りの楽しみ方

東北の八月上旬は、あちこちで祭りが開かれる。短い夏に集中して祭りをやらにゃ、すぐに雪に閉ざされてしまうから、青森のねぶたのような巨大なスケールで発散するんでしょうな。仙台の七夕と山形の花笠を初めて見たですが、つくづく祭りというものが「群れの秩序」であると思ったです。

仙台の七夕は江戸時代から続いており、山形の花笠はまだ四十四回目だそうだ。伝統という言葉の好きな人はよく古くからの祭りを評価しがちだが、祭りに古いも新しいもありません。事の起こりは誰かが「ここいらで何かパーッとやりませんかな?」ってなこと言って始まったのが祭りでしょ。その内容も年を追うごとに変化してます。四十四年前と同じ振りつけの花笠踊りの人もおれば、小学校の連中はまるでジャニーズみたいに飛び跳ね、側転までかましておった。来年はバク転やイナバウアーが出るかもしれない。それを伝統的な花笠ではないとはいえんでしょ。花笠音頭に乗せて群れを成して前進しながら踊るというのが「花笠まつり」の基本型だ。四十四年前チームと、今日の小学生チームでは花笠の振り方がゼンゼン違う。子供らはスピーディに回転させて観客を沸かせている。いわばヨサコイソーランの世界でした。

　文明とともに社会生活も変化すると踊りもスタイルも変わって当然。群れを成すと、連帯感が生まれ、安心感を得る。人間が誰でも求めることですが、それを、より深いものにするのが共通体験であり、そこに生まれたのが群れ集まって開く祭りなんですね。ヨサコイソーランも、側転花笠も邪道ではない。皆で完成させた達成感を子供のころから体験するのは、とてもいいことだと思う。しかも祭りには節度が求められ、参加する皆が一定のルールを守らなければならん。だから大の大人がつかみ合い、投げ飛ばすような男祭りやケンカ祭りでも、それは祭りの上だけのことと されている。この節度ある群れ方を学ぶ場が祭りだったのだろうと花笠を見ながら思ったのでした。

　だから、ねぶたに乱入する黒装束のカラスハネト、成人式でかってに騒ぐやから、初日の出と称して高速道路を埋め尽くす暴走族、これらは祭りではなく、単なる暴徒集団ですね。自分に目立つ才能がないのに目立ちたいだけで祭りの秩序に殴り込んでるだけでしょ。これで人にケガさせたり事故を起こしたりしたら、それこそ後の祭りじゃ。

話せば分か……らない

おいさんは一九五六年、福岡で生まれた。それから十八年間、福岡で育ったんだが、あの有名な博多どんたくも、山笠も、見たことがないんです。というより、全く興味が無かったし、今でも何が楽しいのか分からない。福岡という狭い空間内でも互いに「ワカラン」のだからこれが日本全国となりゃ、互いに何でこんなもんがいいのやら、ワカランことも多いのです。ましてや世界となると、分かり合うってことのほうが不思議なのではなかろーか。

よく「話せば分かる」とか「同じ人間どうしだから」といわれるが、そんな甘いもんではなかろう。生活する環境が違えば価値観も違うだろうし考え方も当然異なるでしょう。例えば、砂漠で生活する遊牧民と日本の農村で稲作をやって生きる人とでは着る物から食べる物、住む家など大きく異なるはずです。人は、その置かれた環境に応じた生き方を選ぶしかない。そして置かれた環境に適応するための考え方や宗教が形づくられてきた。狩猟民族、遊牧民族、農耕民族、皆それぞれの暮らし方に都合のいい文化、宗教、思想を築いてきたと考えられます。そう考えると自分にとっておいしいものが相手にはマズイものであることも不思議ではない。「こんなおいしいものなのに……。なぜ?」というが、そりゃ大きなお世話ではなかろーか。また、自国にとって大切なものや習慣が、よその国から見ると「何でそんなものが……」と見られることもありますわ。互いに合意できることがらに関してはグローバル・スタンダードというのも分かるが、そうでないことに関して「世界みんなで統一しましょ」の必要はない。現在ノルウェーは自国の食糧生産を守るためにEUにも背を向け、農業保護政策を採っている。貿易の閉鎖性ゆえにハンバーガー一個千―二千円、と物価は高いが、国内はそれを支持してんだから他のEU諸国がグローバル・スタンダードなどとお節介すべきではなかろう。

そもそも「理解し合う」とか、「分かり合う」ということができると思ってるほうがおかしい。ユダヤの民とアラブの民が分かり合えると本気で思ってるのだろうか。悲観的といわれるかもしれんが、おいさんは分かり合うより確かめ合うことのほうが大切だと思う。あなたと私の考え方、価値観は違っています。でも私はあなたを尊重し、余計なことは言わんし、いちゃもんもつけない。だからあなたも私を認めてくれい。お互い「違う」ということを確かめ合いましょ。異なる民族や人どうしができるだけ摩擦を起こさずに共存するには、違いを確かめ合うことが必要なんだと思うんですな。おいさんの場合、親だって理解できなかったが、「こういう人なんだな」と確かめ合い、それなりのつきあいをして今日に至っておるのです。

セミナーの利用法

『台所リストラ術』（農山漁村文化協会　一九九四年）という本を出したもんだから、〇〇新聞カルチャーセンターなどからお声がかかり、何度か講師というものを経験しました。食生活を改善したいとか、食費を減らしたいという人たちを相手に二—六回の講座をやるわけだが、受講者を見てると「何が何でも」といった気迫が無い。何だかレジャー気分のように思えたんでした。そりゃまあ東大受験のために予備校で講義を聞く姿と比べりゃお遊びレベルに見えますわ。つまり、カルチャーセミナーのたぐいは何かをしっかり身に着けようとして行くものではなく、ヒマだから、皆と一緒にワイワイ何かをやって楽しむものなのですね。

昔、古道具屋をやってたところ、ギターとウクレレを何台かまとめて買ったおじさんがおりまして、聞けばカルチャーセミナーで教えているそうな。「道具屋さんも一度のぞいてみませんか。無料体験サービスもありますので……」と無料体験チケットをくれた。セミナーではどんな教え方をするんやろ？　なにせ、こちとら教則本すら知らずに完全我流でギター、ウクレレを弾けるようになったもんだから、教え方というものに興味があった。セミナーをやってるおじさんは私がほとんど弾けないと思って誘ってくれたらしいが、行ってみるとこっちが教えてやらにゃならんくらいの低レベルなんですな。こりゃマズイ。まともに弾いたらセミナーの先生の顔が丸つぶれになっちまう。道場破りと言われぬうちにそそくさ逃げ帰ったです。その後、料理のセミナーにも行ってみたが、こちらも、ままごとレベルでありました。しかし、参加者は皆楽しんでいらっしゃる。近年は定年を迎えた男の人に人気があるらしいが、ヒマを持て余してる人にとってはいいレジャーの場になるんですねー。

そこでひとつ考えた。カルチャーセミナーのたぐいは、新聞社、生保会社、自治体等で開かれており、その内容も手芸、生花、楽器、スポーツと、実にバラエティーに富んでおる。ねらい目は無料体験を一回させてくれるセミナーだ。ある新聞社のカルチャーセミナーのちらしを見ると、その内容たるや七十—百もあった。定年後、やることがなくて困ったら、セミナー荒らしになろう。お金は要らんぞ。今日は紫式部を読む会に行き、明日はエアー・ライフルの試し撃ち、腹が減ったらシルバー料理セミナーで腹ごしらえ、飲みたくなったらワイン利き酒セミナーがある。体験コースで遊び倒してやろう。

マラソン・駅伝の未来

好きなんだ。マラソン・駅伝が。少年魚柄の通った戸畑中学には陸上部とは別に駅伝部があったくらい、北九州、イヤ九州全体はかつてマラソン・駅伝が盛んであったのだ。長い距離をただ走るだけという、インチキも何もできない単純な競技に九州人は燃えておったのです。メキシコ・オリンピック二位の君原健二さんは、うちの前を毎日走って通勤しんしゃったとです。そんな環境で育ったもんだから今でも冬になるとマラソン・駅伝のある日は一切の仕事はダメ。ひたすらテレビとラジオでレースを楽しむのであります。

なのだが……。こうして楽しめるのもそう長くはないかもしれん。だんだんマラソンや駅伝のテレビ放送が減ってきておるのが現実だし、実際のレースも開催しにくくなってきておるのです。マラソン・フリークでない人には何のことやら分からんかもしれんが、私に言わせると、テレビとマラソン・駅伝の「蜜月時代」が終わろうとしているからなんですね。今日、マラソン・駅伝で視聴率を稼ぎ、スポンサーも大喜びするのは正月二日、三日の箱根駅伝がトップでして、他のマラソン・駅伝はスポンサー探しに苦労してるってのが現実。「箱根」に関しては、局による徹底したショー・アップがあるからこそ成立してるのです。それ以外のマラソン・駅伝はスポンサーを確保するのに苦労するくらい、テレビ局は苦しんでおる。そう、スポンサーがつかない。

超スピードランナー、中山竹通は、ダイエー陸上部に拾ってもらったと、その恩返しにスタートからぶっちぎりの独走を演じた。なぜか。独走すると、テレビカメラに映るのは中山一人。そして、ゼッケンにはダイエーの文字。これに見られるように、かつては、マラソン・駅伝ランナーのゼッケンは、所属企業の広告板だったんだ。それが今日では他のCMが幾らでもあり、今更、ランナーのゼッケンに金を出す必要はなくなった。こうして企業は陸上部を廃止した。今日、銀行の陸上部は幾つかの地方銀行のみで、大銀行はなくなった。統合前のそれぞれ、旧・東海、旧・富士、旧・あさひｅｔｃ……。正に現金なものである。だから実業団陸上部でなく、選手個人が、企業とサポート契約を結ぶようになった。これで実業団の駅伝チームも減るだろう。一人勝ちするのは箱根駅伝となる。そして中・高生は箱根のヒーローを目指すことになる。つまり、彼らの競技者としてのピークは十九―二十二才の箱根になるのだ。そこで足の軟骨も擦り減らし、その後のマラソン、オリンピックには縁がなくなる。箱根駅伝をキャーキャーいってる以上、日本男子マラソン界に世界記録は、ない。

うまいハナシはなか!!

お金と商売22のヒント

確実にもうかる話

中国激変と日本の産業

今日の日本人が着ている服も割りばしも百円グッズもテレビも……。その大半がメイド・イン・チャイナであることは誰でも知っておる。中華人民共和国もかつては文化大革命なんちゅうワケの分からんことをやっておりましたが、一九八〇年代以降は市場経済にシフトして、今や世界の生産工場といわれるくらい製造業が発展してきました。それに伴い、中国の人の生活も大変化を遂げてきましたな。上海辺りには日本人もビックリするほどの大富豪がうじゃうじゃいるようだし、海外へ投資する人も増えてきた。中国の産業構造も二十年前とは大違いになってきて、この先、ワシらニッポン人の生活にも大きな影響を与えてくるのは間違いなさそうです。今、中国で何が起こっておるのか。食生活を中心に検証してみましょ。

約十年ほど前までは米や豆など、穀物の輸出国だったが、現在は輸入国になった。家畜の肉、海の魚を食べる人たちが急増したため、穀物は人用でなくエサ用として大量に必要となった。東シナ海での漁業は、正に乱獲。国際市場でのまぐろのセリも、日本にセリ勝つくらい強くなってきて、日本向けの魚が減ってきた。急激な工業化で水不足になっている。森林が減少し、砂漠化が進んで環境破壊が著しい。

世界最大の人口を抱えてる国の食糧生産力がどんどん低くなってきているが、開放政策で大金持ちも増えてきたため、海外から食糧をバカスカ仕入れるようになるでしょう。これまで製造業で蓄えた金を元手に、ますます経済力を着けてくると思われる。これまでは「中国での生産＝低コスト」の時代だったが、この先、いつまで低コストが続くやら分からんです。工業生産部門をすっかり中国に移した感のある日本が、これから中国との間でどんな貿易をしてゆくのか。実に意外なことだが、果物、米などの農産物、養殖はまちなどの高級魚、間伐材である杉の木などを、日本が輸出する側になってゆくでしょう。今現在、その輸出量はまだほんの少しだが、今後は中国が食品消費市場として注目されるようになるでしょう。幸い、日本は水に恵まれているし、果物や米の改良技術もズバ抜けて高い。五―十年後には今よりはるかに深刻な食糧難の時代が来るのはほぼ間違いない。今のうちに日本が準備しておくべきことは食糧増産体制でありましょう。ばくだいな軍事費より、飢えた国に向けた食糧支援のほうが、よかあないかい？

飲食店の起業に必要なもの

一九五六年、私は九州の料理屋に生まれた。祖父が大正七年に創業し、父が平成五年に店を閉じたのだが、開店と閉店のちょうど真ん中で私がおぎゃーと生まれたのでした。

昔は調理師の免許もかなりイイカゲンだったようだが、戦後、特に私の生まれたころからは少しずつキビシくなってきた。今日では、調理専門学校に行くか、飲食店で二年以上の修業をしたうえで国家試験に受かるかしなければ取得できないことになっている。このような調理師の国家試験なんてものがあるもんだから、フツーの人たちは「飲食業をやるには、まず調理師の資格が必要だから……」と、そこであきらめる人も多い。また定年後、調理専門学校に大金を払って入る人も多いのです。うーん。知らんということは可能性を狭くするんですねえ。例えばあなたが、ラーメン屋、おでん屋、ショットバー、たこ焼屋、居酒屋、お握り屋……なんぞを開きたいなぁ♡と思ったとしよう。これらを開業するのに必要な資格は何なのか。調理師の資格？　それは十分条件であって必要条件ではない。実は調理師の資格はイランのだ。食品衛生責任者の資格を取得すればよろしい。こりゃ一体どんな資格なのか。まず、自分の住む地区の保健所へ行こう。

その窓口で取得の方法を聞いてみる。大ざっぱにいうと、約一日、食品衛生に関する講習を受ける。その後、その講習内容に添った試験が行われる。その内容はあくまでも食品衛生に関する知識を問うものであって調理技術ではない。だから「中毒を起こす〇〇菌を殺すには七十三℃で三分以上加熱する。〇か×か」みたいなものです。だからマジメに一日講習を受けた人ならムズカシクはないものです。取得費用もたしか二万円以下だったです。

これで資格を取ったらいよいよ開業ですが、このときには保健所から店の衛生検査が入ります。流しの大きさ、調理場の広さ、床の構造、排水状況、火の回り、換気、これらがマニュアル化されており、その数値をクリアすればもう開業はＯＫ。その後は、許可を得たあと、検査も、事実上ほぼ無いので改装しちゃうふとどき者も多いらしい。

町の小さな飲食店や、屋台店、車による移動販売店など、少ない資金で開業するビジネスが注目されております。若い人が屋台でショットバーを開いたり、定年おじさんがおでん屋台を開いたりしておるが、その資格は意外と取りやすい。しかし成功するかどうかは、味や商売のセンスなのです。

これからの商売

大酒飲みのおいさんゆえ、地方へ行くと居酒屋に入ってみるのですが、この居酒屋という商売にも時代の波が押し寄せてきております。二十年くらい前だと地方都市の繁華街や、駅の裏などゴミゴミした所に大衆酒場とか赤ちょうちんがありまして、地元の安酒と安いおさかなで飲むことができておった。大衆酒場なんぞで吟醸酒なんざ飲むものではない。地元の人と話しながら質素なつまみを楽しむものです。

ところが今日では居酒屋全国チェーンに押しまくられ、家族経営の居酒屋が随分減ってきた。それに全国チェーン店のほうが値段が安い。そりゃそうだろう。一日にせいぜい一升瓶二本くらいしかさばけない居酒屋と五十本以上さばけるチェーン店では仕入れ値からして違う。おつまみもチェーン店全体で中国やタイから完成品の焼き鳥を冷凍輸入するから一本当たり十円もしない。家族経営では歯が立たん。居酒屋に限らず他の業種でも今日では巨大資本による多店舗展開で低コスト化が実現され、そこに低価格が現れておるのです。

そんな中で、小ぢんまりとしながらも業績を伸ばしてるのが「小さなユニーク店」

「複合提供店」「専門店」のたぐいでしょう。幾つか例を挙げてみますぞ。ブックカフェやネットカフェ。お茶を飲んだり、軽食を取るスペースを古本屋の中に作ったところ、お茶やランチの売り上げで古本売り上げの不足分を十分に補えた。古本だけだったら、家賃払うと残りがあまりに少なかったそうだ。ネットとカフェ、メイドとカフェ。このような異なるサービスのコラボレーションが、その時代のニーズに合うと「売れる商売」になるのです。

近所のオーガニック食品屋も店内にレストラン・スペースを作り、外ではオーガニック食品を売る。この二種類のサービスの複合で当たりが出始めた。

昔からの小さな酒販店で売り上げがどんどん落ち込んだとき、取引先の問屋と手を切り、酒造蔵直送として品質の向上に努めた。高い酒は一合ずつの量り売りにして客に買いやすくするなどの小さなサービスで息を吹き返した。

一般的な居酒屋をやめ、厳選銘柄種のみを置き、チューハイもウイスキーもやめた純日本酒居酒屋も、開店一年後には予約なしでは入れないほどになった。これらの例でも分かりますが、大資本多店舗展開に対しては、独自のサービスや複合サービスなどでよそにない「売り物」を創生するのがこれからの生きる道でしょう。

ローソンは老尊が売り

時代は変わりますなあ。一九七三年にセブン‐イレブンが日本に上陸して、もう三十年を超えた。深夜族、若者のたまり場、深夜強盗ｅｔｃ……。いろいろな社会現象を見せてくれたコンビニが、どうやら先祖返りしそうであります。昭和三十年代の、町の食料品＋雑貨屋に戻っていってるように感じとるんですよ。その変化をたどって見てみましょ。

昭和三十年代、どこの町にも雑貨屋があった。歯ブラシ、ちり紙から文房具、缶詰、ちょっとした食料品、人々が日常的に使う物が、何でもそろう店だった。ところが主婦の店（ダイエーの前身）などのスーパーマーケットが次々とできてきたので、町の中心となってた八百屋、魚屋などの専門店も、町々にあった雑貨屋も客を取られて閉店していった。そしてこのスーパーマーケットが広い駐車場を持てる郊外型になって町の中心部が空洞化し始めた。

そのころ、安売りを売りものとするスーパーに対し、いつでも開いてるという利便性を売りものとするコンビニが出現したんですな。最初は朝七時から夜十一時までの営業だったのが、すぐに二十四時間営業になった。これが盆も正月もなく三百六十五日フル営業だから「買い忘れ」も怖くなくなった。当初は「開いててよかった!!」という認識だったコンビニも、今日では生活スタイルに組み込まれ、アパート住まいの若者にとっては毎朝、朝食を買いに行く所、毎夜、缶ビールとつまみを買いに行く所となった。そして、夕方の学校帰りに中学生や高校生が菓子や飲み物を買って地べたに座り込むという「憩いの場」になってきた。しかし、このコンビニも各社しのぎを削っているので、コンビニの向かいにもコンビニ、その裏にも……と乱立し始め、不振で撤退する数も多くなってきております。そこで各コンビニとも新しい客層として今後増えてゆく高齢者向けコンビニ展開を考えておるのです。

郊外のスーパーまで行けない、重い物を家まで運べない、りんご五個袋でなく一個だけ欲しい。そういった「高齢者ニーズ」にこたえるコンビニが増えてきておる。注文を取って宅配する、店内にくつろげるスペースを作る、店員に老人を使う、「あっさりメニュー」の弁当を入れるｅｔｃ……。入れ歯洗浄剤もあれば、トイレットペーパーもあり、うちまで届けてくれる。これじゃ昭和三十年代の雑貨屋と同じではないか。まるで先祖返りのようですなあ。高齢者向きの展開、これぞ老尊。コンビニも高齢化したもんだわ。

ミクロの成功者

今日、成功者というと、ＩＴ産業で年商何百億円とか、投資グループを率いて資産が一千億円、といったパターンを思い起こしてしまいますな。もはや「うちらとは別の世界……」って感じです。そんな大成功者ばかり見てると、それこそ「勝ち組」とか「負け組」とかいった言葉が頭を横切るんですな。まるでＩＴや、株の世界でないと勝ち組にはなれないような気になっちまいますが、町にはミクロな成功者もおるのです。面白い例を幾つか挙げてみます。

一つは都内の小さな米屋です。米も、今日では、スーパーやディスカウント・ショップで安売りの対象となってしまい、昔からの米屋は、非常に厳しい経営をやっておるのです。ありきたりのことをやってるようじゃ生き残れない。そこでこの米屋さんは有機米など、個性ある米を作ってる農家と直接に取引をして商品の差別化を行った。また、その米でお握りを作って店頭販売したり、ポン菓子、ポンせんべいなども店頭に並べてみた。幾ら「これはうまい米です!!」と叫んだところで、消費者は本当に「うまい」のか疑問を持つのが当たり前。しかし一個百二十円のお握りなら「とりあえず食べてみるか」って気になりますわな。そしてうまかったら五キロ二千八百円の米を買うことになる。米そのものを売っても利幅は小さいが、お握りは利幅が大きい。夫婦でやってるから経費も安く、十分にもうかるのです。現在、一日に三百個は売っております。

もう一例は地方都市の古本屋さん。四国の田舎町に巨大な倉庫を借り、ありとあらゆるジャンルの本をストックしておる。そのリストをインターネットに載せ、全国からの注文にこたえているんだが、いかんせん田舎のことだから倉庫代とてタダ同然。店に来る客は一日十人くらいしかいないのに、売り上げは東京の古本屋に負けてはおりませんぞ。

もう一軒の古本屋は、仙台の町の中なんだが、ここは古本＋カフェをやってるので、コーヒーやカレーの売り上げがかなり見込める。本のラインナップも、アート系、絵本等、個性を持たせているし、年に数回、「マッチラベル展」やミュージシャンのライブを開催しているので、文化の発信地として認識されてもおります。駅前には古本の最大チェーン店であるブックオフがデーンと店を構えておるものの、正に住み分けをしているって感じですね。古本屋が次々と撤退してゆく仙台で開店してもう六年。着々と客を増しておる、正にミクロ成功例でした。

やかんから蒸気機関

火にかけたやかんのふたがカタカタと鳴る。さあ、お湯が沸いたからお茶にしましょ。これが九十九・九パーセントの人。そりゃそーだ。お茶を飲むために湯を沸かしてんだから。この当たり前のことでも非凡な人の目には違って映るのです。何でふたがカタカタ鳴るのか。それはふたが持ち上げられるからだ。とすると水が沸騰するとふたを持ち上げるだけの力が発生するのではなかろうか。このように考え、やかんの口から吹き出る蒸気に風車を近づけると勢いよくクルクル回る。水を沸かすと、蒸気が吹き出て、風車が回る。これを動力として使えば……と考えたのが、ジェームス・ワットさんであります。ジェームス・ワットはお茶を飲まず、新しい蒸気機関を発明し大金持ちとなったばかりか、後に起こる産業革命のベースを築いたのでした。

新しいものを作り出すということ、成功するということは、こうしたごくありふれた現象を見ても、そこに潜む原理原則を引っ張り出す見方、考え方をするということなんですな。我々の身の回りには、右を見ても左を見てもさまざまな現象だらけです。それらを単に見るのではなく、観察することが大事なんですぞ。

すし屋のカウンターに座り、すし職人がセッセと握り続ける姿、注文するチャンスをうかがう客、これをじっくり観察していたのがベルトコンベヤー会社の社長さんでして、握った端から、ベルトコンベヤーですしの皿をゆっくりカウンター上を流してゆけば、職人の人数が少なくても多くの客をさばけるのではないかと考えた。ボケーっとすしをつまんでるだけでは思いつくまい。ここから回転ずしの歴史が始まったんですね。これまで五、六人の職人で握ってたのが、一人の職人で済んじゃうんです。それまでのすし屋の場合、一人の職人が二人の客を担当していたため、職人の手が止まる時間もあり、非効率的だったんですね。

考えてみれば売れ筋になったものを作り出した人は物事、現象を実によく観察し、そこに潜む原理原則を読み取っておるのです。

たまごっちにしても本物の動物は飼えないが飼ってみたいというニーズを読み取ったところから大ヒットにつながっております。

自分に向いた仕事が分からんとか、何をやったらもうかるのかが分からんという人が多いが、じっくり観察し、原理原則を探ろうとしていないだけのことだ。インターネットで何でもすぐに答えが手に入るから、自分で答えを引き出そうとしない。本気で観察すれば勝利の方程式も見えてくる。

起業破綻しないために

もしあなたが四十―五十代で、現在の仕事をやめて新たに起業を!! と考えているのなら、いま一度、イヤ二度も三度も立ち止まって考えるべきだ。リクルート社の起業雑誌等で二、三年間連載をしたことがあり、そのころ、起業を目指す人のためのセミナーに呼ばれ、講演をした。その会場には百社以上もの会社がブースを出しており、「うちのフランチャイズ店、いかがですか」を展開しておった。熱心に話を聞いているのは三十―五十代のかたがたが中心で、皆さん現在の勤めを辞めて何か独立した商売を考えているようだった。私もこれら起業志望者たちと面談したんだが、いやはや、勤め人しかしたことのない人ってとんでもなく読みが甘い。その事業を始めるに当たって、どのくらいの初期投資が必要で、どのくらいの期間で償却できるのか。これさえも「多分……」くらいしか考えていない。何か自分で事業を始めるときに、まずこれだけは押さえておかねばならんことがある。

「入れ物に金をかけてはイケナイ」。これです。事務所を開くにせよ、店を出すにせよ、一国一城の主になろうとする人は、どうしてもカッコよく飾りたてたがるものです。

ホストクラブを開くなら見た目のハデさも必要だが、その手の「夢を売る商売」は開店時どころか、年中、手を替え、品を替え、飾りたてる必要があるので、フツーの起業とは考え方が全く違う。個人のレベルで、いわゆるカタギのお仕事とあらば、見栄を張らず、本当に必要な設備だけで済ませることが大切です。もしレンタルで済む設備であれば、それで済ませちゃうことも一つの手です。言い方はキツイかもしれませんが、起業時にまず心しておくことは撤退しやすくしておくことです。起業のために準備した店舗、事務所、什器類は、いざ撤退、というときにはその処分にエネルギーがいるのです。以前、古道具屋をやってたころ、閉店するブティック、設計事務所等の什器を買い取りに行っておりましたが、驚いてはイカンですぞ。買い取れるものがあるのはラッキーなほうで、大半は「処分費」を頂かにゃならんようなものなんです。たとえ総額二百万円の事務用品で、まだ半年くらいしか使ってない物だとしても、まあ十万円になったらありがたいくらいだと思っておこう。

「イザとなったら店ごと、全部売り払ってでも……」なんちゅうのは大昔の話です。仮に事業がうまくいっておっても、初期設備投資が多すぎたら、利益の中からそれらをひねり出すのに、これまた苦しめられる。これらが起業破綻なのです。

廃物ビジネス

二十四歳のとき、二輪車店を開いた。学生時代に古いバイクを格安で仕入れ、修理をして売ってみたら、これがえらくもうかった。千円の仕入れに三千円の部品代、丸一日かけて修理したバイクの売値が三─五万円だから、バイトをするよりおいしい仕事でしたな。ところが、店を構えるとなると中古ばかりでなく新車も扱わねばならん、例えば三万円の自転車を一時間かけて組み立てたとする。メーカーからの卸値が二万七千円だから三千円しかもうからんのです。しかも組み立てりゃ必ず売れるわけではない。

世間で当たり前に流通している商品って原価率がかなり高く利益が少ない。ドラッグストアなどは二百九十八円のティッシュを売っても利益は十─二十円ですぞ。結局、薄利多売となる。そのためには多くの客を呼び込めるだけの立地条件が必要だし、品数も多くなければならない。そして運転資金もたくさんかかる。とてもじゃないが貧乏学生にできる業態ではなかった。そこで利幅を大きくするために古いバイクの再生や修理を中心にしたところ、売り上げはやや低くなったが利益は倍増した。

売り上げ一千万円でも、その原価が八百万円であれば、売り上げ五百万で原価百万のほうがマシではないか。こうして二輪店から古道具屋へと転身し、十数年商いをやったが、原価率は十パーセント以下で通せたです。そのころ、何を売るか、つまり、商品構成を決めるとき、世間で見向きもしないものに付加価値をつけたものから探しておりました。

自分では、古道具屋というより、廃物ビジネスと思っておったです。ある業界の人にとってはじゃまで処分に困るものであろうが、別の場所、異なる業界に持ってゆくとありがたがられるものって、いつの時代にもあるんですねー。あんまり資金力を持たない人が事業をやる場合、型にハマった商売では、まずもうからない。例えば、個人でケータイショップを開いたとしても、各社安売り合戦を展開しているので、幾らたくさんの契約を取っても、店に入る利益は至って少ない。しかし店舗の家賃、人件費、光熱費、通信費は毎月、かなりの額が必要ですから、忙しく働き回った割に自分の取り分は少ないのが現実です。廃物がお金になる。ホタテの貝殻が融雪剤に、酒粕が漬物屋に、廃家電製品が輸出用に……。まずは廃物を分析してみよう。炭素が含まれてるか。ビタミンがあるか。次に低コストでそれらを利用する方法を考える。周りを見ればお金を生み出す廃物が、けっこうあるものなんです。

引き際の美学

組織というものは、複数の人間が集まって何かを成し遂げるべく編成されるものであります。あまり組織に属したがらないこのおいさんにしても、これまで幾つもの組織（チーム）で仕事をしてきました。他人と一緒に、何かをやろうとする場合、己のポジションというものを最初に、ハッキリ確認しておく必要がある。何とな〜く「みんなで力を合わせてやりましょう」、みたいな仲良しクラブでは、このご時世、成功はアヤシイ。自分はマネジメント役、自分は生産部門、自分は人事、といった責任分担をキチッとやることが成功への近道といえましょう。

二十五歳のころ、二人で共同経営を始めた古道具屋も、相棒が社長であり全体のかじ取りを行い、おいさんは現場の責任者であった。互いにそこのところをしっかり認識してやったから、たかだか五年間の共同経営でも充分にうまみがあり、スムーズに運営できた。その後、扱う商品などに相違点が生じてきて共同経営する利点が減ってきたので、私らはコンビを解消した。別にケンカしたわけでもない。今日でも時折会うが、いい仲間だと思ってるし、いい引き際だと思ってる。

組織、コンビ、プロジェクト・チーム、これは何らかの目的があって結成されるものである。そして、その目的がある程度達成でき、次の段階に突入したら、引くべき人は引くことだ。ところが人間の悲しさで、自分の育てた組織を人は手離したくなくなるんですね。そのいい例が、六〇―八〇年代の生協運動、消費者運動でしょう。「より安全な食べ物を、皆で協同購入しましょう」で始まったのはいいのだが、流通も、農薬使用も、加工技術も、その後、劇的に変化し、当初の目的はスーパーでも満たされる時代になった。しかし、運動が盛り上がった時期を担った人々は、ボスの座から下りない。「もう、時代が違うのよ。ニーズが違うのよ」といわれても、「何よ青二才が‼　私たちがこの組織を作ったのよ」と開き直る。こうして組織は血の巡りが悪くなる。

十数年前、どーしよーもないくらい運営が滞ったある事業の立て直しを頼まれた。半年間泊まり込み、その後、二年間はトコトン口を挟んで立派に稼動できるようにした。そりゃ感謝もされたが、その段階でおいさんは手を引いた。荒れた現場を立て直すには、強権的な処置も必要だし、寄生虫のごとき人間を追い出す必要もある。そんな荒療治をした人間は、安定期に入った組織においてはイカンのです。それは独裁にもつながることで、カストロ、毛沢東、スターリンたちを見れば分かるでしょ？　彼らに欠けてるのは引き際の美学だったんだ。

キャリア・アップの転職を

高度成長期に育った私らは、大人になって職に就いたら、定年まで、そこで働くもんなんだと思っておりましたが、今日では転職がごく当たり前になってきました。こんな私だって、ギター弾き、二輪店、古道具屋などをやってきて今日に至っております。物の価値観や世間のニーズが、昔と違い、すごい速さで変化する時代になってしまったから、今現在、うまくいってる仕事も、五年後はどーなってるやら分からんです。それなのに一つの仕事にこだわってると、食べていけないことになるかもしれん。

一九八〇年ごろ、ワープロ打ちの上手な会社勤めの女性が、その技術で商売しようと思い立ち、会社を辞め、ワープロ打ち屋さんを開業しました。確かに彼女は非常に速く、正確に打ってましたから一、二年はけっこう依頼もあったが、そのうち誰でもそのレベルくらいできるようになり、独立三年目でもう食えなくなっちまった。当時彼女は三十五歳で独身。元の会社への復帰もできず、困り果てて「リサイクル屋を開きたいので修業させて……」とうちの店にいらっしゃった。基本となる仕入れや販売等はレクチャーしたが、彼女は商売のツボよりも自分の好みの洋服を並べることに興味があるらしく、

「だめだ、こりゃ」ってな感じでありました。このリサイクル・ブティックも半年くらいでアウトになり、実家のある田舎へ帰ってしまいましたの。このかたの例って昨今のフリーター事情にも似ておりますな。

　よい転職というものは、キャリア・アップしてゆく転職である。職を変わるたびに給料が下がるようでは話にならん。一つの仕事をやめて次の職に就くならば、何か前の仕事の「お土産」を持って行くべきでしょう。単なる時給仕事でお金をもらうだけでなく、技術なり能力なりを盗まなければ、キャリア・アップとはなりません。高校時代にやったキャバレーのギター弾き、大学でやった旅館の配膳、建築現場のバイトなど、一見、時給仕事でありましたが、それらで身に着けた技術、体験がその後の仕事の中身を肉厚にしてくれたと思っておるのです。自分としては、いろいろな仕事を渡り歩いたのがよかったと思えるのですが、今日のいわゆるフリーターさんたちは、危なっかしくて見ておれんです。「バンドやりてえから……」と、フリーターで生活費を稼いでる人も多いが、四十歳あたりでフリーターも賞味期限が切れちまいます。転職は逃げの姿勢じゃダメです。今の職より上をねらうべし。キャリア・ダウンになりませんように……。

確実にもうかる話

一流のサギ師ってどういうのか分かりますう？　だまされた側が、死ぬまで「だまされた」と思わんようにだます人のことです。それ以上に、だまされた側が、「あの人は、いい人だ、いいものを薦めてくれて、しかも安かったし……」と思わせなきゃならん。だからよくニュースネタになってる老人相手のリフォーム・サギとか、先物でだますサギなんざ、三流ってとこですね。そんな三流サギに多くの日本人がコロッとだまされ、トラの子をそっくり巻き上げられる。これらの手口を見ていると、実に人間のあさましさや欲望を利用しておるだけなんですなあ。

例えば定年になった人は、定期預金にしておっても利息が低く、百万円に対し、年間千円つくかどうか……という現況で、何とかこの預金を増やしたいが、今更、事業を始めるのもムズカシイ。ここを突くわけです。「楽してお金を増やしたい」。この気持ちこそがサギのエサ。ちょっとでも、もうけ話になびいてきたら、一、二度は若干もうけさせ、次に大きな出資をさせたらドロンを決め込む。後になれば、「話がウマすぎると思った」と言う人がほとんどなんだが、そこはそれ、サギ師は口もうまいし、最初は小さなもうけで釣り上げる。これらのサギに引っかかったら、そのお金の回収は困難極まりない。だから「確実にもうかる」話はこの世に無いと頭に入れておこう。本当にもうかる話なら、アンタ一人でやればもっともうかるはずなのに、何で赤の他人にススメているの？と聞いてみることだ。そして最も大事なのは足るを知ることであって、今持っているお金でのやりくりを努力すること。決して他人にお金を託して、楽をして増やしてもらおうなんて、これっぽちも思ってはイカンのです。「あの人はいい人だから……」。だまされた人が後で必ず言うセリフだが、性善説を信じるならば、後で文句言わないでね。だます側は、だましているとき自己暗示をかけて、本当にアナタのためを思ってやってるんですよ〜、と訴えかけておる。そりゃいい人にも見えますって。

若いうちなら一度くらいだまされても立ち直れるだろうが、定年後、トラの子すべて持っていかれたら目も当てられん。うまい話はすべてサギと思いましょう!!

かく言う私も実はサギ師。食生活改善をどう広めるかと悩んでたころ、体にイイとか、栄養学といった本質をひた隠しに隠し「一か月九〇〇〇円で、できますよう」と本に書いたら何十万人もの人がその食改善を実践してくれた。しかもこちとら印税が入った。これもある種のサギかもしれない。

欲ボケするとだまされる

ライブドアの株を買って大損した人たちが損害賠償を求めております。その大半が、いわゆる株の素人筋みたい。何千万円といった高額でなく、お小遣いで、ネットで、手軽に買えるってことが受けたんでしょうね。しかし、経済の素人さんはライブドアなる事業体の浮ついた、方向性のない経営が見抜けなかったんかもしれん。マスコミ受けのするパフォーマンスを見せられて、付和雷同的に、「もうかる」と感じたんではないでしょか。あのようなバブル会社は、皆がまだ関心を持たぬうちに、安値で株を買い、評判になったらすかさず手離すしかありません。NTT株のときもそうでしたが、皆が騒ぎ出すと、「自分も乗り遅れちゃイケナイ」と思ってしまうようですな。これを付和雷同的欲ボケと呼ぶ。だまされた人には悪いけど、欲に駆られた人をだますのは至って簡単なのです。誰でも楽して金をもうけたいと思ってるし、若い女の子なども、楽してもうけたい以上に、有名になりたい、芸能界デビューしたいなどと願ってるもんだから、これがまた、だましやすい。

「モデルになりませんか」。渋谷の町で一日にこのセリフが何万回も繰り返されております。「モデルになったら芸能界でお金が稼げて、有名人になれる」。これにだまされ、わけの分からん宣伝費を取られるばかりか、クレジットカードを作らされ、そのカードを会社が預かったりする。そしてプロモーション・ビデオをささっと撮って、後は、なしのつぶて。知らんうちに自分のカードで何百万もかってに借りられてしまい、その請求は月末に自分ちへ来る。もちろん、モデルに誘ったプロダクションはドロンを決め込む。だまされた若い女性は、お金を返せと訴えるものの、仮にプロダクション側を捕まえたところで金は遣い果たしており、まず戻っては来ない。プロモーション用と言われて撮られたビデオが、ＤＶＤでかってに売られていた例もあるそうだ。だましたやつは当然悪いやつだが、だまされた人も付和雷同的欲ボケと言わざるを得ない。「何も落ち度のない人をだましてえ……」と訴えておるようだが、落ち度は、ある。有名になりたい、お金が欲しいのなら、己の努力でつかみ取るべきところを、ペテン師の口車に乗ったこと自体、悪質な犯罪を助長しておるのだと知るべきでしょう。

日本は約六十年間、直接戦争に加わっていないし、侵略されてもいないから、ついつい平和ボケしてしまう。誰かがもうかったと聞くと、「自分も乗り遅れまい」としてしまう。この付和雷同的欲ボケが、身の破滅につながるのです。

日本は欲ボケ国家になる？

日本で最初の株式会社はあの坂本竜馬の起こした亀山社中（後の海援隊）だというのが通説になっている。事業を起こすアイデアも技術も能力もあるのだが資金がない。そこでその資金を出資してくれる人に自分たちの事業内容を理解してもらったうえでお金を集め、そのときの出資金に応じて株券を渡すわけだ。そのお金を元手にして商いをし、そこから生じる利益に応じて株主に配当金を支払う。これが株式会社の基本形です。会社が好調でないと配当できなくなり株主は当然文句を言う。だから事業者もガンバる。

と、こんな仕組みのハズだったんだが……。ライブドアによるニッポン放送株騒動、村上ファンドによる阪神電鉄株騒動、こりゃもう本末転倒ですな。お金を出資して株を受け取り、業績向上による配当を待……っておれない人々が、株の世界にうじゃうじゃ出現しておるのです。借金までして株を買い占め会社の代表権を手に入れようとする。乗っ取られまいと会社側も株を買い増すが、皆が買いに回れば株価は上昇する。買い占めに走った側は買ったときよりも高い株価で売りに出す。株の買い増しをしたい会社側は高値でも買ってしまう。これで買い占め側はかなりの利益を得ることができる。

まあ株式を公開すれば、誰に買われるか分からんのは覚悟せにゃならんです。株の仕手戦、買い占め等は戦前から今日までずっと起こってますが、買い占めることが違法なわけではありません。法律に触れるのは株式公開や上場についての内部情報を事前に知りうる人が、その株を買うことなんぞなんですね。しかしそんな大金を動かすライブドアや村上ファンドみたいなガリバー級取引でなく、個人で一日中パソコンにへばりついて売りや買いを、一日に何度も繰り返して利ざやを稼ぐ人が多くなってきております。値が下がったその瞬間、キーをたたいて買いに出、値がかなり上がったところですかさず売る。その間、早けりゃ数分ってこともあるようだ。インターネット無しでは不可能な妙技でありますなあ。売り買いをしている本人にとってその株式を発行している会社の技術がどうだとかは問題ではない。ここ数日の株価変動のグラフを分析して底値と最高値を予想してキーをたたいておるのです。いわば利ざやゲームである。

一年で何億稼いだなどと週刊誌で騒がれておるが、株の売買は誰かがもうかりゃ誰かが損をする。つまり株の売買そのものには何の生産性もない。ましてやその株式の会社を育てようという気もない、単なる金もうけの手段になってしまっておる。こうして日本はますます生産力のない欲ボケ国家になってゆくんだろうか……。

宝くじとは

サマージャンボだか三億円だか知らんが、このクソ暑い日に行列してまで買ってる人がおります。一枚がナンボなのかすら知らんこのおいさんには、とてもまねのできんことですわ。非常に低い確率の当たり券に夢を託す度胸はない。「もしかしたら、本当にもしかしたら当たるかもしれない。当たれば何に使っちゃおうかなあ……」のようなタラレバに何を期待してんだろ？　そもそも労働なくしてお金をもらおうという考えが嫌だな。

日本における宝くじの原形は、昭和二十年七月十六日、第二次世界大戦の終戦間際にできた「勝札《かちふだ》（通称：負札《まけふだ》）」らしい。戦費を補うために広く国民からカンパを募ろうとして政府が売り出したのが宝くじの始まりなんですね。それ以前は神社なんぞで売っていた富くじがあるが、富くじは神社の修繕代やききんのときの炊き出しなどの費用になってたそうだ。

そして今日の宝くじはというと、確かに災害義援金にも使われ、福祉関係にも使われてはいるものの、地方自治体が潤っていることは間違いない。それに宝くじを作って売る側の膨大な製作費、広告費、人件費なども、宝くじの売り上げの中から必要経費としてるとされている。テレビで何度も流されるコマーシャルの制作費も、宝くじ代から出ておるのですぞ。所ジョージや宮川大助・花子のとんでもなく高いギャラも……。こう考えると、宝くじで本当にもうかってるのは宝くじ事業を運営する側なんですね。今、宝くじを買ってるアナタ、そのお金が広告代理店に吸い取られ、タレントに吸い取られ、製紙会社、印刷屋に吸い取られ、宝くじ売り場のかたの給料になり……（売り上げの一四・四パーセント　二〇〇六年調べ）。そして、その一部（同、四五・八パーセント）が三億円だかになって限られた人たちにプレゼントされている。まるで競輪、競馬と同じじゃないの。庶民の夢だとかいってあおっちゃイカンですよ。時代劇に出てくる丁半ばくちの賭場と同じじゃなかろーか。誰がもうかるったって、テラ銭を取ってる胴元が確実にもうかるようになっておる。あれと宝くじと仕組みはほぼ同じ（純益は、同、三九・八パーセント）でして、一見夢見がちな宝くじも、実はギャンブルなんだわ。

サラ金のコマーシャルでチワワを使ったりするソフト・イメージが、気軽に借金をするもとになる、と批判する向きがあるが、だったら、宝くじのコマーシャルだってもうちょっと控えるべきでしょ。そうならないのは宝くじを買いすぎて自己破産した人がいないからだろうが、このように破滅に追い込まずに少しずつ、かつ大勢の人から金を巻き上げるギャンブルが、本当はたちが悪いと思うのです。

ギャンブルに何をかける？

　ギャンブルというものがよく分からん。自分が戦って、勝ったり負けたりするのは分かるが、馬を走らせて、どれかにかけるというのが、自分にとっては何が楽しいかワカランのです。数年前、地方競馬の労組から講演に来てくれと言われ、「一体何を話せばいいのやら？」と悩みつつも行ってみた。そこの役員さんたちと競馬について話をしたが、彼らは「競馬は本来、紳士の遊びであって、いわゆるバクチではない。一人当たり平均六千円で一日楽しめる知的ゲームなのだ」とおっしゃっていた。

　この「本来」というのがクセモノでして、確かに英国では貴族の知的なゲームとして始まってはおります。明治になって日本に伝わったが、当時は日本でも貴族や金持ちの遊びだったんですね。このあたりまでなら「競馬は紳士のゲーム」ってのも分かる。しかしだ。浅草や、錦糸町などにある場外馬券売場に行ってみると、どこが紳士のゲームなんやら、全くワカランのだ。実は食生活の調査で場外馬券売場近辺の「飯屋《めし》」「飲み屋」を見て回ったんですね。一人当たり、幾らくらいを飲食に使ってるかを調べたところ、三、四時間、ラジオの実況を聴きながら競馬新聞片手に飲んだり食べたりして使ったお金が平均二千円。

こちとら、あくまでも食生活情況を調べてたんだが、半日も調査しておれば馬券にどのくらいお金をつぎ込んでるかも分かるんですね。私の場合、主に浅草で調べたんですが、なんと一万円以下しか使わん人はいなかったです。平気で五万、十万と使っておる。カードを使った無人支払機で、マチキンから金を借りてまで馬券を買っておる。よっぽど金を使いたいんだろうなあ。試しに一人のオッサンに話しかけてみた。ビール一杯おごっていろいろ話を聞いてみたが、今日一日で五万円スったそうな。そのうえ、半日で飲み食いした分が三千円くらいだと。あたしゃ急に芝居を打ってみた。「うちなんざ、マンションのローンがあって馬券どころじゃなくってさー」なんてこと言ってみた。すると同年輩のこのおっさん、一家四人でアパート暮らしだからローンはなし。生活費を奥さんに渡し、残りは馬と酒。貯金なんざ、全くなし。すさまじいというか度胸があるというか……。これが本来紳士のゲームなのね。どこでこうも変わったのか。あくまでも貴族や金持ちだけのゲームにしとけばよかったのに、貧乏な人まで参加できるようにしたのが今日の競馬の姿を生み出したのかもしれん。本来は楽しみをかけてたが今日は生活をかけてしまっている。

ランチのお値段の示すもの

お昼ご飯に幾らお金を使ってますか。食生活調査を時々やっておりますが、こういう調査をする場合、正確なデータを取りたければ、アンケートに頼ってはイケナイ。答える側には「見栄」が働くし、正確にメモしてる人なんざほとんどいない。だから昼飯時のレストラン、コンビニ、弁当屋等に張りついて一人当たり幾らくらい使うかをチェックするのです。食べてる人たちに気づかれぬよう、こっそりやることが最も正しいデータを取るコツであります。このような調査を大手町、新橋、浅草、渋谷……、いろいろな場所に出没して行うのですが、やってみるとこれがなかなか面白い結果になるんですな。

官公庁のある大手町や新宿の都庁の近くで調査すると、ランチが六百—八百円が中心になっておりまして、路上販売の弁当はワンコイン、つまり五百円がよく売れておる。コンビニで購入している会社勤めの女性たちの平均金額も三百八十—四百五十円ってとこでした。ランチでも一人千二百—千八百円といったゴーカ版もよく売れてはいるが、基本的には八百円くらいが中心ですね。官公庁や大会社に勤める人たちって、昼ご飯は割と質素なのでありました。

それに比べて一人当たりの昼食代が高いのが、北千住や浅草などのいわゆる下町だったんですね。六百円くらいのランチで済ませる人もおりますが、千円以上使う人のほうがはるかに多い。それも男性がほとんどなんです。浅草の昼飯時って、千五百―千八百円使うおじさんがたが多いのでした……。？？　この人たち、お昼時に、まずビールと冷奴で七百円くらい使っちゃうの。それから天どんとかトンカツ定食を食べるもんだからどうしても千五百円以上になっちまう。また、官公庁や大会社のオフィスのある町はランチ激戦区でもあるので五百―六百円のランチも当たり前だが、下町ではそれほど安くはしておらん。一日の客数も下町のほうが少ないので価格を下げてはもうけにならんのだ。

下町には安くてうまい店、とバクゼンと思い込んでる人が多いようだが、そりゃマチガイ。銀座や新橋などの、はやってる店だとかなりレベルの高いランチが六百円くらいからそろっているっていうのが現実でした。それにしても下町のおじさまがた、昼食に千八百円もかけてたら、一か月に二十日食べるとして、三万六千円ですぞ。江戸っ子だねえ。もちろん宵越しの銭なんざ持たねえんでしょうなあ。これじゃ預金もままならんから、アンタ老後の蓄え、どーすんの？　たかが千八百円。しかし経済観念って、そこから始まるのよ。

金銭感覚は身の丈ですか

普段、新聞のチラシを目を皿にしてチェックし、一円でも安い買い物をしようとしている人が、車とか家を買うときに、「五千五百万と五千三百万だったら、たった二百万の違いじゃない？」と、二百万を「たった」と表現するのはどうしてだろう。大して必要もないオプションがついてて二百万高くなるのだが、本当にそのオプションが役に立ち、後からじゃ、とても取り付けられないのであれば、つけたほうがいいだろう。しかし、あっても無くてもいいものだったら、その二百万ってあまりに大きな出費ではなかろーか。

また、旅先でバンバンお金を使う人も多いが、本当にそこでしか味わえないものならよかろうと思う。どこでも食べられるもの、どこでも買えるものが観光地には多いのです。しかし人間って旅先だと気が大きくなってしまい、ついつい散財しがちなんですね。これも金銭感覚マヒの一つでしょう。

それからついつい忘れてしまうのが、賃貸住宅の更新料。家賃が十万円で給料が二十万円とすると、十万は当然家賃にするが、残り十万は自由に使えると思ってる人、これも金銭感覚のマヒですな。賃貸は二年に一度の更新料が必要でして、東京では大体家賃一か月分だから、二年たてば家賃の他に十万円を払わねばならん。一年につき五万円だから、一か月約四千二百円につく。つまり月々の家賃は十万四千二百円と認識して、月々四千二百円の積み立てが必要なんですね。

車を買えば年間三万八千円くらいの税金と、二年に一度の車検代もかかる。月々の駐車料やガソリン代ばかりではないのだが、金銭感覚の鈍った人は目先のガソリン代にしか気が回らず税金滞納などで下手すりゃ差し押さえを喰《く》らったりもする。

クレジットカードの乱用による金銭感覚のマヒは多くの人に知られているが、意外と気がつかないところに我々の金銭感覚の落とし穴があるのです。

家や車のような高額買い物の場合、十万や百万は大したことのない数字のように感じるのはしかたがないが、ここでひとつ、その金額を身近なものに置き換えてみよう。例えば十万円で五百円のラーメンが二百杯食べられる。十キロ五千円の新潟コシヒカリが二十袋ですから三、四年分の米ですな。

正しい金銭感覚とは、自分の身の丈に合った自分の尺度で、その金額を計ることでありましょう。

日銭の力

お金を稼ぐ。どうも二十一世紀の日本人は大げさに考えすぎるようだ。どこぞの××ファンドが四百億円を稼ぎ出し……などという報道ばかり聞いているから、そういうものが「稼ぐ」ってことなんだなあ〜、と思ってしまうのかもしれない。しかしだ、本来稼ぐっていうのは、その日生きるのに必要なお金よりちょっぴり多くのお金を得ることでいいのだ。

もう今日では珍しくもないことだが、日中国交回復直後、残留邦人やその子供たちが帰国してきて、ギョーザ屋さんを開いた姿が新聞をにぎわせたことがあった。ほぼ無一文状態で帰国し、一家四人、アパート暮らしでスタートした日本での暮らしなのに、三年後にはギョーザ店のオーナーになっている。十年後には行列のできる大繁盛店である。この人たちこそ「稼ぐ」基本が分かっておるのだ。日本に戻ってきても住む所すらない状態ながら、新聞配達、バイト、パート、あらゆる仕事を家族みんなでガンバリ通し、日銭をコツコツためるんですね。高校生の子供は三時間のパートで一日二千四百円、パパとママは八千円と六千円、これだけでも三人で一万六千四百円。一か月に二十日働いてトータル三十二万八千円。

アパート代六万円を頭に、光熱費など生活費として必要なのが一か月で十三万円だから、毎月二十万円くらいは残せる。これが日銭を稼ぐということでしょうなあ。

日本では、本国を離れて世界へ渡った中国の人を華僑と呼んでおります。横浜や神戸の中華街で成功した人々もそうですね。ある年配のかたに話を伺ったことがあるが、さすがに考え方がしっかりしておる。無一文で海外へ渡った華僑は、八百屋さんで、てんびんと商品を借り、一日売り歩いて売り上げの何パーセントかをもらう。わずかでも蓄えができたら、一箱百円で十本入りのたばこを買い、一本十一円でバラ売りをして百円を百十円に増やす。このように小さな稼ぎを一つ二つと増やしてゆけば、その積み重ねが一――三年後、お店開店の資金になるのです。

一九七五年、無一文で大学生となった「ボク」は、夕方五時間のバイトで一日四千円ずつ稼ぎ始めたが、使うのは一日五百円程度なので一か月に七万円くらいたまっちゃった。当時、その日払いのバイトだったので、毎日貯金しておったのだが、大学を中退してバイク屋をおっ始めようとしたとき、そのためてた日銭が約二百万円くらいになっていた。稼ぐってことをお勉強して大学をやめたんでした。

家計を立て直すには

今の時代、買い物をすれば、必ずレシートが手渡される。対面販売の魚屋だって、言えば領収書を渡してくれます。この領収書をポイっと捨てる人が多いんですなあ。おいさんにはこれがよく分からん。この領収書やレシートこそが、その個人の家計立て直しにすごく役に立つものなのに……。金が余って余ってしょうがないからダンロで燃やしちゃうような人に経済観念を説いても意味はなかろうが、我が国の大半の人は家計のやりくりをしておるのではないでしょか。そのような人にとって、自分が何に幾ら使ったかを正確に知ることが重要なことなのです。

「浪費バカにつける薬」の項でも述べますが、収入とあらゆる支出とを把握してないところに改善はない。赤字続きの飲食店のテコ入れを頼まれたことがあったが、そこのご主人によると確定申告もすべて他人任せなので、水道光熱費がどれくらいかも大ざっぱにしか知らんのです。めんの仕入れ値、一日に使うねぎの値段、メンマの値段、油の値段、まーったく知っちゃいない。出入りの業者に、銀行振替などで払っているから、それが高いのか安いのか分からんのです。そこで、これまでの取引業者との契約を一時ストップし、現金で仕入れ、必ず領収書をもらうようにしたんです。驚いたことに、野菜も、めんも、油も、約二、三割も安く仕入れられることが分かった。有線放送とか、玄関マットなども月々の支払いはかなりのものであることが、銀行引き落としから現金払いに変えたことで実感できるようになった。あらゆる支払いを現金にして、必ず領収書かレシートをもらい、整理することで、自分の店の商品の原価率にも気がついたのですな。

これは中華料理屋のケースでしたが、家計というものも全く同じことでして、「どーしてうちは月末になると金欠になるんだろ？」と感じる人は、まず領収書を整理することから始めてはどうだろう。といっても実は至ってカンタンなのであります。まず、おうちの玄関か机の上に小さな箱を一つ置く。帰宅時、ポケットからその日にもらったレシートを裏返して箱に入れる。まずはこれだけやっといて月末にレシートを出せば日付け順に重なっておるわけですな。これをノートに種類別に記入する。例えば交通費（電車、バス、タクシー等）、食費（食材、外食）、光熱費（ガス、水道、電気等）、通信費（ケータイ、切手、電話代等）。レシートや領収書があれば支出額を実感できるんですな。

ただし、やましいことにお金を使ったときは、領収書はイカン。やましさの証拠となるぞ。

自己年金のススメ

国民年金。よくもまあこのような制度が永年続いているものだ。自分の老後に備えて、自分でコツコツ蓄えるというのが、本来自立した経済でありましょう。しかし国民年金はそうじゃない。二十―五十代の人が現在支払っているお金は、現在の年金受給者に与えられるお金ですな。二十代の若者が毎月幾らかのお金を支払っていても、その人が年金をもらう立場になるまでには四十―五十年もの、時を過ごさねばならない。そのうえ、もしその四十―五十年の間にコロッと死んでしまったら、それまで支払ったお金は戻ってこない。幾ら年金用として支払っても、そのお金は支払っただけで、積み立ててるわけじゃない。貯金なら貯金通帳に目を通して、「やったあ‼　もう五百万円たまってる♡」とお金を実感できるが、年金の場合は幾ら支払っても、一銭たりとたまっちゃいないからお金に対する実感がわきにくい。そんなアヤフヤなお金だから、そのお金を管理している社会保険庁の連中も、実にいいかげんに浪費してきたのではないか。年金者番号のミスなども次々と明らかになってきているが、年金保険料支払者がみんなで自分の年金者番号や支払い期間（加入期間）のチェックを行ってみたら、とんでもないくらいのミスが発見されそうに思える。

年金に関心を持ち始めるのは誰でも自分がもらえる年齢に近づいてからのことで、ひたすら支払っている二十―五十代にはそんなに関心は持たないものだ。だから事務的なミスがあっても、グリーンピアとかいう何の役に立つのか分からん施設に大金を使われていても、あまり気づかない。この四十年間、国民が支払った年金のためのお金は、社会保険庁の役人のために使われ、大手ゼネコンのために使われ、残った分をお年寄りにおすそ分けしてきたといわれて文句言えるかっ。

会社勤めの人は、給料から年金分を会社が天引きし、それが年金分として支払われているが、その代行徴収をやめて、「個人で払ってネ」も今後は増えるでしょう。いいことだわ。

一、老人を支える若い労働者（年金加入者）が増え続け、二、金利が高くて集めたお金が高利運用を続けられた場合、しか想定してこなかった年金制度です。少子化、ゼロ金利で成り立つわけがなかろーもん。もはや制度は崩壊してます。若い人がお年寄りの生活を支える制度だの、人と人が支え合うだのを為政者が言うのはただの責任逃れです。裏づけのない制度は信じられん。自己年金を積み立てよう。

消費税を払わない方法

　あと五年くらいのうちに消費税が十パーセントを越えそうです。国債をナンボ発行してみても、しょせん国家経営が下手なもんだから、国の赤字は増えるばかり。民間企業ならとっくに倒産してるとこですな。国や地方自治体が所得税、住民税、事業税なんぞを幾ら取ったって、役人や官僚のためばかりに使ったり、支持母体であるゼネコンなどにもうけさせるばかりじゃ経営の健全化は無理でしょう。それを穴埋めすべく、取りやすいところ、取りっぱぐれのないやり方で取るのが、正に消費税ですわ。生活必需品を買わねばならんのは若者も老人も同じことですが、貧乏な若者からも、大金持ちの老人からも、無職の人からも、一律に取っちゃうわけだ。徴収係の代役を商売人にやらせるなんて、嫌な制度ですなあ。よくこの国の人々はおとなしく従っておるもんぢゃ。それに、もし死んじゃって、その人の財産が多額なら、相続する人にも多大な税金が課せられる。せっかく蓄えた財産も何分の一かはお国のものとなる。別項で取り上げた年金制度だって、基本的な考え方は、お金を積み立ててるんじゃなく、自分より年上のかたを養ってあげるためにおとなしく支払っておるのです。これ、もしかして共産主義国ってことか。ソビエト、中国、東欧諸国等で続々と二十世紀に登場した社会主義、共産主義国はすべて姿を消すか、中国のように資本主義市場経済を取り入れるかしてしまった。一つだけ二十世紀の残像のような国があるが、あれはもう破綻してあがいてる国だからこの際外します。そんな中で実質的に共産主義的仕組みで成立しておるのが日本のように思えるんですね。誰もが文句を言いつつも税金を払う。それを経営能力のないお上が浪費する。バカバカしい。もう消費税を払うのはやめましょう。そのためにはお金を使わんことぢゃ。でも欲しいものは買わねばならん。でも買わない。買わずに入手する方法は……？

一、盗む……。イカンです。二、もらう。いいことだ。三、自分で作る。豚肉までは、ちょっと作れません。四、交換する!!

これですな。金銭のやり取りがあっての消費税だから、それをやめちゃえば払わずに済むのぢゃ。友人のパーティーで料理を作ってあげる。これに対してギャラはもらわん。お手伝いポイント三点とし、それに相当する酒三升をもらう。このように物と物、労働力、技術と物とを交換すればよいのぢゃ。仕入れも金銭でなく物々交換、売る代わりに物をもらう。これを違法だとこの国のお上は言うだろう。しかし、これぞ原始共産主義である。いいじゃん。成功している共産主義国なんじゃもん。

カード破産しないために

「ちょっとお金を下ろしてくる……」。こう言ってカード片手に飛び出した人が、ものの五分で十万円ばかしを握り締めて戻ってくる。今日、よく見る姿です。銀行でなくてもコンビニなどで、いとも簡単にお金を下ろせるようになったばかりか、お金を借りられるようになった。だからカードといっても、借金用カードを多くの人が持つようになってきたんですな。世間ではキャッシングなんぞといって格好つけているが、早い話、高利貸しでしょ。

お金をコツコツためて銀行に貯金する。その貯金を幾らか下ろして使う。これが、まともな金銭感覚。現在、口座には千円しか残っていない。しかし、十万円のバッグが欲しい。二十五日に給料二十五万が振り込まれるから、そこから引き落とせばいい。こうやって十万円をキャッシングに頼り、月末に口座から引き落とす。これが今日「当たり前」になりつつあり、同時に金銭感覚マヒ人間が激増してきたのです。

キャッシュレスなどといって、お金を持たず、カードで清算することがステータス・シンボルのごとく見られているが、何のことはない、資本主義経済ならば当然である

「お金を使わせるためのツール」に躍らされているだけです。現金を持ち歩くのは危険であるという考え方もある。いきなりホールド・アップとくるかもしれん。しかし考え方によっては、現金を持っていれば、そいつを渡して命を拾えることもあろう。現金がなけりゃそのまま殺されるかもしれない。どちらが安全策だかワカラン。また、どんなに技術が進歩してもカードの磁気データの読み取りは阻止できない。カードを盗まなくても、そのカードを何十秒か手にすることができればデータは立ちどころに読み取れるから、カードが盗まれてないのにそのカードはかってに使用され、手元にはどえらい借金が残されてるという事件も多くなってきた。カードが盗まれりゃ慌てるが、データのみが盗み出された場合、およそ気づかないので始末が悪い。これからの犯罪は形が見えないものを盗む、つまり情報を盗むタイプになってゆくから、我々生活者は、金を借りられるカードなど絶対に持つべきではない。そして自分の未来に借金をしないことだ。夏のボーナスが……。来月の給料が……。タラ、レバの通用しない時代です。会社がいつパンクするかもしれない。お金は入ってきてから使うものです。ちなみに私、その手のカードは全く持つ気もしない。

継続は力なり
イワシと大根のにもの

仮想《バーチャル》時代の現実的な13のヒント

夢を形にしたいなら

夢を形にしたいなら

夢を追いかけたい、夢をつかみたいんですう……。多くの人がそのようなことを言って、現在の会社を辞めたり、新たな修業に入ったりする姿をよく見掛ける。

自分の生き方は、こんなものではない。もっと違う人生があるはずだ……。と、自分探しを続ける人も、夢追い人の一種でしょう。夢を理想や自分の望む生き方、としてそれを追い求めることは素晴らしいことだし、そこから生きるエネルギーも生まれるのだと思う。しかし、夢には真夜中、睡眠中に脳の中で繰り広げられるドリームもあれば、何年か先に実現すべく描いたプランもあるのです。この違いを分からずに、「夢を追いかけたいんです」と言ってる甘ちゃんのいかに多いことか。何も若い人と言ってるのではない。定年以降の人生に向けた「夢」なるものが、とても幼稚なレベルであることが多いのです。

田舎暮らしをしたい、ペンションをやりたい、居酒屋を開いて人を癒《い》やしたい、喫茶店を開いて多くの人と交わりたい……。

若い人も年を取った人も、同じような夢を語ってはいるが、その夢の実現に向けて、プランを立て、時間を区切って計画を進行させている人なんて、ほとんどいないのです。
一、その夢を実現するのに必要な条件をすべて並べてみましたか。資格、設備、技能、予算ｅｔｃ……。
二、それらを満たすことが、いつまでにできますか。
三、その夢を経営的に軌道に乗せるための「客」をどう確保しますか。
最低でもこの三点くらいは、細かなリサーチに基づいた指針がなきゃ、夢の実現にはなりませんぞ。

中には運がよかったり、人に恵まれたりして、成功する人もおるにはおる。しかしそれは、バクチのようなものだ。夢を実現したければ、バクチ的要素、タラ、レバ的要素を排除し、より確実な要因を固めてゆかねばならんのです。

絵描きになりたい、ミュージシャンになりたい、作家になりたい……なりたい……なりたい……。それは寝て見る夢なのだよ。実現を目指す夢には「なりたい」はないのです。「なるために今日、何をすべきか、いつまでにやり遂げるのか」という厳しいノルマを自身にかける人が、実現可能な「夢」を持てるのです。絵の一枚も描かずに絵描きになる夢を持ってるアナタ、死ぬまで睡眠中の夢を見ることになるかも……。

青春残酷物語

二〇〇〇年から〇三年にかけてマンガの原作という仕事をやらせてもらった。「おかわり飯蔵」という料理マンガで、作画は大谷じろうさんにお願いし、『週刊ヤングサンデー』（小学館）で百十話ほど続けたんでした。このときにマンガ家という職業の厳しさを見せてもらったです。〇〇新人賞を取れるのは何万人かに一人くらいらしい。連日自作マンガを編集部に持ち込む人たちの中で、本当にわずかな人だけが仕事にありつくといってもいきなり連載ではなく、単発物を年に数本描く程度だから、まず喰《く》えない。これが面白くなきゃもう二度と仕事は来ない。単発をこなしているうちに、これまた、ごくわずかな人だけが連載のチャンスにありつくが、人気がなけりゃ二、三か月で、いきなり最終回となり、その人に次の連載の話は来ない。かりにうまく連載が続いたとしても、ギャラは安く、そのギャラの大半はアシスタントへの支払いでほとんど消える。マンガ家でもうかっている人は連載のギャラでなく、その後に出る単行本の印税がたんまり入る人なのだ。あの「ゴルゴ13」（さいとうたかを『ビッグコミック』小学館　一九六八年〜）ですら、単行本で稼いでいるのが実情なんです。

そしてマンガ家という仕事、デビューは大体二十代までであって、三十代、四十代でのデビューは甚だ難しい。「ナニワ金融道」（青木雄二『モーニング』講談社　九〇～九七年）の青木さんは珍しいケースです。三十代、四十代になってもデビューできないマンガ家予備軍は、何かバイトをするか、若手マンガ家のアシスタントに徹するしかないそうだ。

これはミュージシャンの卵にも同じことがいえる。駅前や公園で幼稚な歌をがなり立ててりゃデビューできるなんざ思っちゃイカンです。プロになれる人って、絵でも音楽でもすさまじいほどの努力をしておるのです。日曜のたびに公園で歌ったり、たまーにマンガを描いてみるだけでは、まずチャンスはやってこない。また、まぐれの一発が当たっても、ネタや技術のストックがなければすぐに飽きられてしまう。会社員と違って定年まで給料がもらえるという保障は全く無い。高卒でミュージシャンを目指した男が現在三十五歳になり、バンドは月に一度のライブハウスだけで日常は派遣会社でドラッグストア店頭での販促員で喰っている。ギター以外、手に職は無く、離婚した彼女との間にできた子を育てるのにヒーヒーいってる始末だ。このおいさんにしても三十代半ばで初めての本を出せたのだが、その後、四、五年のうちに二十冊以上を出し続け、連載も、多いときは一月に二十本こなしてた。幾らベストセラーを出しても、そこで力を抜くとサッサと放り出されるのが、自営業のキビしいところです。何らかの才能で食べていこうと思ったら、それなりの覚悟をしておきましょう。

浪費バカにつける薬

借金まみれ、金欠、預金なし。以前うちでやってた店で働いてた若者に、よくあるパターンでした。給料をもらったら、次の給料までに使い果たしてしまう、全く生活設計とか計画性といったものが無い。これは二十年くらい前の話ですが、今日でもそういう人が多いし、また、サラ金などが借りやすくなってきたので浪費バカに陥ってしまう人も多くなった。これは傾きかけた事業を再建するのと同じやり方でまっとうにさせることもできるのだが、事業なら再建しやすい反面、人間は心があるだけに厄介であります。

これまでいろいろな再建を経験してきたけど、基本は至ってシンプルでして、その事業体、または人の支出内容をすべて書き出してみることです。売り上げ（収入）が幾らあって、支出が幾らか。当たり前のことだと笑われそうだが、アナタ自身の一年間の食費、言えますか。光熱費は？　大体とか多分でなく、正確に言えなきゃ再建は始まらんのです。

支出をすべて書き出せば、そこには必ず必要のない、つまり削れる出費がある。借金に追われてピーピーいってる人、もう四十歳近いのに預金の全く無い人、こんな人たちの支出をチェックすると実にムダが多いのが分かる。サラリーマンやってて自家用車が必要か。こう聞くとふざけた答えが返ってくるんですな。買い物に使うから……。自転車やバスで行け。大した給料も取ってないのに、給料の二分の一近くを家賃に充ててる。フロ無し三万円のアパートだって都内にはある、と教えても「フロだけは……」、「引っ越しすると金がかかる」と、ヘ理屈をこねる。フロ屋もあるし、家のフロが無い不便を知る必要がアンタにはあるだろう。ケータイの通話料？　かけるなっ。受けるだけのプリペイドケータイなら二か月で三千円で済む。基本は生存するのに必要最低限の支出金額をまず知ることでしょう。食べる、寝る、着るの三点で必要最低額をはじき出す。そこに預金分をのせ、余裕があれば他のことにお金を回す。分かりきったことだが、これを予算編成といいますな。この分かりきったことができないから「金がない」とわめくのです。物価が高すぎる、サラリーマンだからバイトは厳禁。手に職を着けたくても専門学校に行く学費がない、毎日の仕事でいっぱいいっぱい……言い訳ってだらだら続くもんですなあ。そんな人でも支出金をトコトンチェックすれば、必ず削れるものなのに。これらができず、浪費バカから抜け出せない人をまともにする施設が無いことはないが、あまり薦められない。だって刑務所だから。

お宝の価値に期待するな

人気テレビ番組『開運！　なんでも鑑定団』（テレビ東京　一九九四年〜）を見てると、何でもなさそうなものにどえらい値段がついたりしてビックリさせられる。それを見ていて、「うちにも同じものがある♡」と喜び、それが鑑定通りの値段で売れると思い込んでしまう人が多いのも事実だ。しかし、あれはあくまでも鑑定でしかないのです。七〇年代から約三十年間、古物や骨董の売買にかかわっていたので、その実態は嫌というほど見てきたが、「売れば〇〇円にはなる」と思って所持している「お宝」も、実はその十分の一で売れりゃ、いいほうなのです。

例えば南青山の骨董屋が、当店で売れば十万円は下らない品だと鑑定した物があったとしよう。その品をアナタが代々木公園のフリーマーケットで並べても、まず売れまい。月に百万円の家賃を払い、長年の信用を得た店のショー・ウィンドウに置いてこその「十万円」なのです。また、昔と違って今の時代、物の価値も短期間で乱高下する。七五年ごろ、鉄クズ屋で見付けた初期型ホンダカブ、ラビットスクーターは、五百円で買えた。八〇年ごろ、それらは一台十—三十万円で売れたが、九〇年代にはもう売れなくなった。昭和二十―三十年代のメンコも一九八〇年ごろはレトロブームで一枚五百円で売れたが、二〇〇〇年になると百円でもダメ。何かのコレクションにはまるコレクターさんは多いが、それらはあくまでも道楽であると割り切ろう。「いざってときには、〇〇円になるから……」などとは、これっぽっちも思わないことだ。たまたま高く売れることはあっても、これからの時代、稀少価値などというものはなくなると思ったほうがいい。

まことに悲しい話だが、古道具屋のころに経験したことです。あるじい様が亡くなった。遺族が、わが古道具屋に遺品の処分を依頼に来た。このおじいさん、切手だとかコインの収集が趣味で、収入の大半をつぎ込んでおったらしい。「俺が死んだら、これらを売って、子供たちで分けろ」と生前言ってたそうだ。幾ら道具屋とはいえ、私は、切手、古銭は専門外だったので、その膨大なコレクションを預かり、それらを公正なオークションにかけてくれる市場で値踏みしてもらった。昭和四十年ごろに大人気だったこれらの切手や古銭も一九九〇年代には相場がガラリと変わり、まさに紙クズ値段。おじいさんは一千万円くらいは……と思ってたんだろうが値踏みは一万六千五百円!!　ホントの話よ。お宝は自分だけの価値と思いましょう。間違っても財産と思うなかれ。

現実化する若者の仮想犯罪

最近の若年犯罪の多さには驚くよりあきれてしまう。思慮のかけらもないんだろうか。十代の子が友人に母親殺しを金で依頼するなんて、まるでテレビのドラマそのものですな。テレビのドラマ。正にこれが彼らの言う情報なんでしょう。さまざまな知識も体験も現代ではテレビ、インターネットの上で行われている。映像を見て、音を聞くだけで得ることのできる情報らしきものは、あくまでも平板なものであって、そこには温度、におい、味、触感などが無い。メールでの会話はできても、面と向かって話すことができない人が多くなってきてるようだ。

ネット上で意気投合していたつもりの人と実際に会ってみたら「キモいオタク」だったと嘆いていた会社勤めの女性もおりました。こりゃ何もネットだけのことではなく、おいさんのような著述業でも、よく感じることであります。おいさんの本を読んだ人は、その人なりの魚柄像をイメージする。しかし、実際に会ってみたら全然違ってた、って話もよく聞きます。だからおいさんは、なるべく読者のかたとプライベートには会わないようにしている。会えばその人のイメージを壊しかねないし、誤解も生じやすい。本というものを通じてでもこのくらいのことが起こるわけだから、ネットとなればそんなもんじゃない。出会い系サイトなんぞは謀略とウソで塗り固められてるような危険性を感じますぞ。

情報を得るのも体験するのも、もっと立体的に行うべきではなかろうか。映像の中のアイドルには体温も体臭もないし、陰の表情など見る由もない。ヘッドフォンから聞こえる声は、何度聞いても同じトーンで、寝起きの声も、酔ったときの声も分からない。ファンは立体感のないアイドルの姿がアイドルそのものだと思い込む。しかしアイドルだって便秘にもなりゃ、わきがに悩むことだってあるかもしれん。そういったことも含めてその人間なのであるんだが、今日ではバーチャル体験だけで理解したつもりでいるから始末が悪い。

「こんな人じゃないと思ってたのに……」

「メールでサイコーおいしいって言ってたのに……」

「えーっ、本当に、自殺しちゃったの？　冗談で書き込んだだけなのに、バッカみたい……」

映像と音だけの平板な情報の世界は危険がいっぱいである。せめて人間関係くらいは体温を感じるような立体的なものにしたいもんだわ。

インターネット取引の前に

インターネットがここ十年くらいで急激に普及した。このインターネットの出現で情報伝達方法も飛躍的に進歩したのは誰もが認めるところでしょう。何か新商品を開発してもネット上で告知すれば瞬時にしてあらゆる人の目につくようになる。こんな店を開きましたと宣伝するのも、チラシ広告、雑誌広告よりずっと安く、早く多くの人に届けられる。こうなってくるとテレビコマーシャルにお金をかける会社も減ってくるでしょね。テレビといえば、コマーシャル、つまり販売促進、というのはテレビ放送が始まってからずっと続くスタイルですが、その局とスポンサーの関係もこれからは希薄になってゆくでしょう。そこらへんでどーしても分からんのがDVDレコーダーにCM飛ばし機能をつけた家電メーカーですわ。テレビ番組のスポンサーとして大金を払っておりながらそのCMを飛ばすDVDレコーダーを売ってどーすんの？　分からん。が、すでにテレビCMというものが過去のものだという認識があるからそうなったとも思える。

いずれテレビCMもインターネットに飲み込まれ、新聞、雑誌もネットで読むようになるでしょう。

「お広め屋」としてのインターネットは大活躍するでしょうが、「探し物屋」としてのインターネットも、すこぶる便利になった。何か調べ物があるとき、その言葉を入力すれば、それに関連した内容が、次から次に現れるので、百科事典を開くより、図書館へ行くよりずっと早く内容も豊富である。探し物、調べ物に関してこんなに便利なものもありますまい。

ここまでは長所でしたが、世の中いいことばかりではない。ネット上での物品販売ではトラブルが至って多い。昔、おいさんがやってた古道具屋の世界でも今はネット販売やネット・オークションが盛んになってきた。もはや古物売買に関する法律では取り締まりができず、やりたい放題になってるのが実情でして、中にはあこぎなオークション（競り）もあるようだ。古物のオークションは普通、オークション会場（市場）に人と古物が集まり、皆の見てるところで競りを行う。しかしネット・オークションは互いに知らぬどうし。知り合いの古物業者は数人でつるんで自分たちの出品したものの値段を競り上げ、高値になったところで第三者に「つかませ」ておるらしい。顔の見えない、トクメイ性の高いインターネットという「場」はお広めや探し物には向いていても、信用が問われる売買には向いておらんのです。かりにネットで買うにしても品物と相手の存在をこの目で確かめるまで金は払わんことです。

思い出は脳裏に焼きつける

保育園の運動会って、パパたちのビデオ撮り戦争の場なんですね。テレビの報道カメラマンも真っ青なくらいの場所取り合戦、人によっては折り畳み脚立まで持ち込んでおります。そりゃかわいいわが子の貴重な成長記録なのであろうが、見ておると、運動会そのものに参加していないようでもある。だってお昼ご飯を食べてるわが子をひたすらビデオで撮っておるんですもん。

このようにやたらビデオ撮りをする人って、果たしてそのビデオを今後、何回くらい見るんだろ？　私が古道具屋をやってたのが、あのバブルといわれた一九八〇年代でして、しかも店は花の自由ヶ丘。地上げの嵐が吹き荒れており、古い家が連日取り壊されておりました。となると古道具屋に「家財道具を引き取ってほしい」の依頼も毎日のように来る。この「引き取ってほしい」物の中に必ず八ミリフィルムの山があったんですね。「S35年、麻子3才、運動会……」ってなことを書いた箱に入った八ミリフィルムが、ダンボール箱に二つも三つもあるんですね。そこのおうちの奥様も「結局、子供たちは一度も見ようとしなかったの。うちの人の自己満足だったのね」とおっしゃっていました。それ何となく分かる。子供ってそんな映像、恥ずかしくてあまり見ないもんです。それらの八ミリフィルムはすべて焼却処分するしかなかった。同じようなことは今日のＤＶＤにもいえそうだ。好きな洋画をＤＶＤに撮ってストックしている人も、そのストックを果たして見るヒマがあるんだろうか。

最近ではどこへ行ってもケータイで写真を撮る姿を見掛ける。これはデジタルだから、すべてプリントするわけでもあるまい。パソコンに取り込んだり、見るだけで消しちゃう人も多かろう。それにしても、報道関係者じゃないんだから、そんなに写しまくることもないだろうに。

過ぎていった時間は二度と帰ってこないから、それをリアルに記録しておきたいのが人の情でしょう。しかし記録することにその貴重な時間を費やすより、その時間、自分の目と頭に焼きつけておけばいいのではなかろーか。その時、その空気、感動、感じたままにコンピューターより精巧な脳にプリントする。再び見たいときは自分の頭の中で見ればよい。八ミリフィルムも、ＶＨＳも八ミリビデオもＣＤも、あっという間に時代から取り残され、幾ら撮っておいても「見る機械」がなくなることもありますぞ。

正しい日本語とは

日本語が乱れてるって本当なんだろか。乱れてるっていうくらいだから、どこかに乱れていない日本語が存在するはずですな。じゃあその乱れてない日本語って、何なの？昔の人はきれいな日本語を使ってたという人に、「それはどのくらい昔なの？」と聞いてみたい。大正生まれの学者さんが、戦前にお年寄りが使ってた日本語を「美しい日本語」と語っておられたが、それなら明治時代の日本語が乱れていないってことになりますかな。でもきっとそのころの人だって、「いやあ、私の子供のころにお年寄りが話してた日本語は今みたいに変な横文字も使わない、そりゃあ品のあるものでございました」と言うんじゃなかろーか。

今日の若者がよく使ってる言葉、「チョーむかつく」「これってえ……」「うざいなぁ」etc……は、よく分からん。そのうえ言葉が速い。渋谷で地べたに座り込み、ジュース飲みながら盛り上がってる女の子たちの話は、なかなか聞き取れない。携帯電話は、ほんの数年で「ケータイ」になった。文明とは恐ろしいもので、次々にこれまで無かった物を世に送り出してくるから、新たな言葉、言い回しもそれと一緒に生まれてくる。

言葉は、自分の意志を他人に伝えるための道具であるから、世の中の変化に従って当然変化してゆくものでしょう。今日、私たちが使ってる「新しい」という言葉も、四百年くらい前は「新《あら》たしい」が正しく、「新《あたら》しい」は、その後、日本語が乱れて使われだしたものらしい。「れる」「られる」に関しても最近では「られる」の「ら」を抜く人が多くなってきたが、いずれこれも定着するんじゃなかろーか。別に嘆くことでもありますまい。正しい日本語、美しい日本語を大事にしたいと思ってる人だって、まさか、日常的に万葉集のような言葉で話しはしないでしょ。今の若者の言葉が乱れてるか乱れてないのか。乱れてると痛感する人は、自分がそれだけ年を取って、より大人になったんだ、と思えばよいのではあるまいか。

倖田來未の歌を聴いてたお年寄りが「ガイジンさん?」とつぶやいてた。確かに聞き取りにくい日本語ではある。これから見たら五年前の安室奈美恵の言葉の、なんと聞き取りやすいことか。先日、古いレコードをひっかき回して一九六〇年代に「変な歌い方」といわれた、いしだあゆみの「ブルーライトヨコハマ」を聴いてみた。まるでアナウンサーのようなはっきりとした発声、発音でした。日本語は乱れちゃいない。生きて変化してるだけ。そしてアナタは年を重ねただけ。

資格は生かしてこそ

新聞の広告に「食育指導士」の通信講座というのが出ておった。食育の何たるかもいまだろくに規定できていないのに、一体誰がカリキュラムを作り、どんな指導をし、最後に認定をするのだろう？　それに、その食育指導士というのを認定してもらったとしても、だから何がどーなるってんだろ？　資格とは、一定の知識や技術を備えているということを保証したものであるハズです。だから、その資格を使って何らかの仕事を行い、その結果、利益が生じて、初めて意味のあるものといえます。そう、資格って、ただ持ってるだけでは生活のカテにはならん。資格認定証を額に入れて飾っとくだけでもうかるのなら苦労はない。こんなこと、ちょっと考えれば分かろうことなのに、今の世の中、資格を取るための講座だのセミナーだのに大金をつぎ込む人が、後を絶たないんですねー。

「○○資格を使って、△△の仕事をすれば、一日××円稼ぐことも夢ではない」などと書かれた広告に胸躍らせるのはちょっと危ないですぞ。その資格を持っていても、仕事にありつけなきゃ資格の持ち腐れ。通信教育、セミナー等でお金を振り込んでも、仕事を回してくれるとは限らん。特に今日の資格セミナーなんぞは、事前に登録料だ、教材費だ、仕事のためのコンピューター購入だのをしなけりゃならんのも多い。そんな怪しげな資格だらけの今日でも、その資格さえあれば、一か月に○○万円稼げる……のではなかろーかと淡い夢を持つ人がたくさんおるのです。

私は車の免許以外、何の資格も持っていないし、取るつもりもない。定年後の再就職のためにも、何か資格を持っといたほうが……と思ってるかた、全くナンセンスです。資格より実力を身に着けること。かりに医師免許を持ってたとしても、対人恐怖症で、そのうえウツ状態だったら、その医師免許とて使いようがなかろう。現代では資格取得そのものを目的として資格ビジネスが成り立っておる。しかし、換金力のない資格は飾りものでしかないのです。知り合いで、着物の着付けからテープ起こし講座から、とにかくセミナーに通って、よく分からん何とか二級みたいな資格ともいえんような資格をこの十年間取りまくってる資格ハンターがおる。その資格を生かして新たな人生を……とこの十年言い続けておるが、今もまだバイト君のまんまです。資格は、取らせる側が一番もうかるのであるということを、よーく肝に銘じておこう。

バイオ燃料はエゴロジー

石油に代わるエネルギーとして、バイオ燃料が世界各国で注目されている。とうもろこしなどの穀物からエタノールを生産し、それで自動車を走らせれば、これまでほど石油、ガソリンを使わないので「エコロジー」と、まあ簡単にいえばこんなとこでしょう。石油そのものは食べられんがエタノール生産用の穀物はすべて食べられる物ですね。ブラジルではさとうきびを原料にするため、食用の砂糖生産は二分の一になっている。中国はとうもろこし等の穀物二百万トンがエタノールに化けている。インドはさとうきび、タイはキャッサバ、マレーシアはやし油、これらの特産品を食用でなく燃料用にしておるのです。そして最大の穀物生産国である米国は、実に五千五百万トンのとうもろこしをエタノール生産に充てようとしているのです。

ここで世界の人口を賄うに必要な穀物と、エタノール生産量について考えてみよう。二〇〇六年の世界の穀物需要の「拡大」は二千万トンだそうだ。つまり、〇五年より二千万トン、余計に必要になったってことですね。これらを賄う生産力は、アメリカ大陸に頼るところが大きいんですが、米国は世界の食糧需要に向けて六百万トンしか出さないそうだ。飢える世界が求める食糧を、エタノール生産に振り向けている。例えば、米国アースポリシー研究所（環境アナリスト、レスター・ブラウン氏が所長を務め、「エコ経済」を提唱する環境研究機関）による試算を引用してみよう。約百リットルで満タンになる米国の大型スポーツカー（ＳＵＶ）をバイオ燃料で満タンにするのに必要な穀物量ってどのくらいなのか。これがビックリ、人間一人が一年間に消費する穀物分とほぼ同じらしい。かりに二週間に一度、満タンにするとしたら、二十六人分の一年間の穀物を燃料にすることになる（二〇〇六年八月二十九日付　日本農業新聞）。

これまでバイオ燃料は生産コストが高くて作っても割に合わなかったが、石油価格の上昇と、エコロジー意識の向上で、続々と作られ始めたようだわ。沖縄でもさとうきびでバイオ燃料を作ってるし、菜種油を利用する方法も試されております。しかし、このまま、特に先進国が、食糧である穀物を燃料用に転化し続けたら、穀物価格は必ず上昇する。現に砂糖は高くなったし、マーガリン生産も圧迫されている。穀物生産力のある大国、経済力のある先進国は穀物価格の上昇にも耐えられるだろうが、それらは世界人口の中では少数であって、多数の人間はますます飢餓線上へと追い込まれる。石油を使わないからエコロジーといった短絡的な発想は、あまりにおごり高ぶってはおらんか。生存の原点である食を支えてるのが穀物でしょ。人間一年分の穀物を使って大型車を二週間走らせ、「エコロジー気分」に浸るのをエゴというのです。

非常用の袋に何入れる？

　ちょっと大きな地震が起こると、その翌日には非常持ち出し袋が飛ぶように売れるようだ。いつ来るやら分からんのが地震だから、誰でも心配になるのでしょう。しかし、非常持ち出し袋って、買ってきておうちに置いとけばいいものではない。よく非常時の手引き書には「非常持ち出し袋の中も時々チェックしましょう」、みたいなことが書かれていますが、あれは間違い。非常持ち出し袋に入れる道具類、飲食物などは日常的に使い慣れた物、食べ慣れた物であるべきです。避難所に逃げ込んだ場合など、普段の生活から懸け離れた暮らしをしなきゃならないから、そのストレスも大変なものになるはず。そんなときに、普段使ったこともない道具や、食べたことのない食べ物だと、至ってとっつきにくい。誰だって災害に見舞われたら、一刻も早く平常時の日常に戻りたいものでしょう。だから持ち出す物もできるだけ普段からなじみの深い物のほうが、より日常に近づけるのです。

　一つの例ですが、非常持ち出し袋に入っていたスイスアーミーナイフを使おうとしたものの、折り畳まれている刃を引っ張り出すことができなかったという女性がおりました。ナイフ、缶切り、はさみ、栓抜きなどがコンパクトに収納されてる便利なナイフではあるが、主婦のかたがた三十人にやってもらってみたら、ちゃんと刃を起こせる人は約半数でして、残りの人たちは起こせなかった。ナイフはその刃で物を切ってこそ意味がある。刃を起こせなければただのステンレス棒でしかないのです。

どうせ持ち出すのなら自分で最も使いやすい物を持ち出すべきでしょう。また、人それぞれ、非常時に必要な物には違いがある。自分にとって生き残り、少しでも早く普段の暮らしを取り戻すのに必要な物は何なのかを自分で考え、それらをまとめておくことも大切なこと。例えば目の悪い私の場合、眼鏡は絶対に必要な持ち出し品です。阪神大震災のときは入れ歯を持ち出せずに不自由した人も多かったそうだ。しかし市販の持ち出し袋にそんなものは入っていない。だから単に持ち出し袋を買ってきただけでは何の役にも立たんのです。

自分にとっての必需品、それも使い慣れた物。これらを集め、これまた大切なことだが自分で使いやすい袋に収納することです。手に持つのか、肩に掛けるのか、背中に背負うのか。イザってときになって「持ちにく〜い〜」では話にならんでしょう。まずは非常時に持っておきたい物をテーブルに並べてみましょ。

地震保険で保障されるもの

もうじき必ず来るぞ……といわれている大地震ですが、確かに阪神、新潟、あちこちで起こっております。新築したばかりの家が崩壊し、残ったのは二十年間のローンだけという話も聞きました。この十年間で、こういった自然災害に関する保険制度も変わってきて、いろいろな保障が可能になっております。今日では地震で家財が失われた場合、それなりに保障される保険もあるのですが、一つだけよーく心しておこう。こういう災害に遭遇した場合、保険で補われる対象となるのは「生活用品」であり、その人の生活再生のためのみに支払われるということなのです。

もしあなたがクラシック・カーを所持していて、それが地震でぺちゃんこになったとしても、あくまでも「車一台」としか見なされない。生活上必要なのはあくまでも一台の車であって、それがフェラーリだろうがスズキワゴンRであろうが、問題ではない。五千万円のフェラーリと中古で二十万円のワゴンRであっても、一キロの道を人を乗せて走行するという、実質的な機能においては、何の違いもない。それ以上の保障が欲しければ、地震の保険とは別に、骨董的付加価値に対する保険が必要なのです。当然その掛け金は非常に高いものになる。

保険というものは、加入した人に何らかのダメージがあったとき、その人が元の生活に戻れるための生活基盤を回復するお金を出してくれるものである。間違っても趣味のコレクションを保障してくれるものではありません。

今日、注目されている地震などに関する保険ですが、加入時によーく自分の財産というものに対する価値観を見つめ直しましょう。自分で「価値がある」と思っているものが、保険の世界では「へ」でもないのです。たった六十年前、この国は戦争に負け、価値観が大きく変わったはずだ。百万円の着物が、さつまいも一個としか交換できなかった。高級な着物もスーパー・カーも、人間が生活してゆくための生活必需品ではありません。そして保険はそれらに対して保険金は出してくれんのです。保険に入っているから、何かあってもだいじょーぶ……ではないのです。自分の面倒は自分で見なきゃならないという、当たり前のことが、保険でもいえるのです。

長続きのひけつ

おいさんは二十歳のころから自分の食べた物をずっと記録してきたし、今でも一日三食、みそ汁の具まで記録しております。ってなことを本に書いたらある雑誌が「長続きのひけつ」についてインタビューに来たです。

「どーすれば物事が長続きするのか」

どーすれば？　ってもねえ。自分で必要とするデータを取らなきゃなんないから、毎食ごとにノートに書いてただけの話で、コツもひけつもありゃせんです。食生活論、食生活改善法などの分野を研究しようと思えば、毎日どのような内容でどのくらい食べ、そこに幾ら金を使い、体調がどう変化するかくらいはデータが必要になる。だから長年記録したのであって、いわば野球のスコアラーや気象庁の記録係みたいなもんですわ。米を作って三十年とか、一刀彫四十年といった人も同じことだろうし、その人たちにひけつなんぞ聞いても答えはあるまいて。

あなたも長続きできる十か条……みたいなもんを雑誌は載せたいんでしょうが、そんな上っつらをなでて通るような企画力じゃ、その雑誌が長続きしなかったりして……。とはいえ、取材記者はしつこく食い下がる。

「お料理がもともとお好きなんですよね？」
「書くことがお好きなんですね？」

こういうのを失礼な質問といいます。おいさんは食生活論という、これまでのカテゴリーからはみ出した分野を新たに切り開こうとして二十歳のころから知識を求め、仮説を立て、実行してから検証してきたのです。本気で自分の本業としてプロ意識を持ってやってきとります。食生活改善方法の実験として多くの料理本を出し、人々の反応を検証してきてるんですね。真剣に自分の仕事をやろうと思ったら、やるべきことはきっちりやっておかねば、プロとはいえますまい。イチローが誰よりも早くスタジアム入りして充分なストレッチをするのも、グラブをいつもベストコンディションに保とうとするのも、野球が彼の仕事であり、彼はプロとしての自覚があるからだと思いますね。そのうえで彼は「野球が好きだ」と言ってるんであって、グラブ磨きという毎日の長続きしていることがらが好きなのではない。おいさんの場合は、多くの人たちが本を読んでくれて、おいしく体によい食べ物を安く手早く作れるようにやって、食生活を楽しんでくれるのが「好き」なのです。だから「長続きのひけつ」と聞かれても、自分の仕事にプロ意識を持って、人が好きであること、と答えにゃならんが、雑誌側から見たら「ワカラン」人となるんでしょうな。

おりさんの正確な腹時計
信頼できますよ

信頼されるための心得

規則とマナー 12 のヒント

信頼されるための心得

約束の時間に必ず遅れる人、おりませんか。借りた本をいつまでも返さない人、お金の支払いのルーズな人……。本人は「大したことないじゃないの、細かいこと言うなよ」と思ってる場合が多いのだが、この手の人は、大したことない人たちと、大したことない人生を過ごしてしまうように思えるのです。もう二十年ほど前だが、あるイベントに一緒に行こうと、友人と十時、東京駅で待ち合わせたが、四十分遅れでやってきた。「朝、なかなか起きられなくて……」がその理由。一度はこっちも許したが、次のときにも、なかなか来ない。コンサートの始まる時間が迫ったので先に行ったが、この人、三十分遅れで来たそうな。その後、一切のつきあいはしていない。できない約束、自信のないことを軽々と口にしてはイケナイ。また、そのような信頼のおけない人と約束をするとか、仕事をするとかは絶対にアブナイ。一人が約束を守らないことが、大事故につながることだってあるのです。人間関係を壊さず、信頼関係を築いてゆくためには約束事に関する掟をしっかり決めて実行していくことが大切だと思う。

一、金を安直に貸し借りしない。特に親しい間柄では、借りたきゃプロの金貸しの所で法的な手続きを取ること。二、時間の約束は数字で行う。昼過ぎ……、夕方……、四時ごろ。これらは人によって差が出るので、一時とか、十八時とか正確に決めること。あいまいな言い方は誤解や擦れ違いが起こる。三、不慮の出来事で約束が守れなくなりそうになったら、そのときに一番早く連絡のつく方法を考える。時間に遅れたり、納品できなかったりしたあとになって「あのとき、実は……」という言い訳は話にならん、いわゆる事後承諾である。今日のようにケータイ等があれば連絡は何とかなるはず。四、仕事絡み、お金絡みで情に流されてはいけない。日本人は情に駆られて保証人になることが多いが、これが最もアブナイ。そのお金を使った事業の確実性、その人の事業姿勢を評価できてこその保証人であって、親戚だから、友人だからで保証人になるのは相手に対しても罪である。

おいさんは他人から本を借りたとき、必ず本に附せんを張り、借りた日と返す予定日を書き入れ、その日以前に必ず返すようにしている。おいっ子が奨学金返却に関する保証人になってくれと言ってきたとき、卒業後の職も収入も、全く決まってなかったので断ったです。本人にとってはちょっとしたルーズであっても、それで大きく信用を失うこともある。また、大したことのない約束でも、きちんと守っていれば、大きな信頼を得ることだってあるのです。

後ろのマナー

人間の目は顔の正面についてるから、前と左右は見えるものの、さすがに後ろは見えない。魚眼レンズじゃないんだから。その目の届かない後方って、どうしても気配りが行き届きにくいものなのです。

背中にリュックを背負ったまんまでバスや電車に乗ってはイケナイ。人が込み合った車内で、アナタの顔の真ん前に顔をくっつけてくる人はおりません。自分の体の正面には他人との間に幾らか空間があるものだが、背中どうしがくっつくことはよくある。だから荷物は自分の体の前に持つべきなんですね。

先日、銀座を歩いていて、足のスネを傘でバシッとたたかれた。雨は降っていなかったので、皆さん傘を畳んで持ち歩いておったんですが、私の前を歩いてた人が、その傘を歩きながら腕の振りに合わせて後方にブンっと振ってしまった。その傘の先っぽが、私の足にバシッと来たんですね。正直いってけっこう痛い。なのにそのおじさん、振り返って不思議な顔をしてるんですな。私の隣を歩いてた女性が事の成り行きを見ていて、傘持ちおじさんに言ってくれたが、このおじさん、ほとんど加害意識が無い。こんなの血気盛んな若者どうしだったら大ゲンカになりますぞ。後方のマナーって大事なことなのです。

後方のマナーも考えてみると身の回りにたくさんあります。お年寄りが買い物のときに使うキャリーバッグや、海外旅行時のキャリータイプのスーツケース。これらも自分の後方でだらだら引っ張って歩くのもいい迷惑であります。自分にとっては目の前より後方にあったほうが、きれいさっぱりしておるでしょうが、他の歩行者にはじゃまもの以外の何ものでもない。

さて後方マナーで実に悲しい目撃証言です。都内のある駅で私は見た。下りのエスカレーターから降りた若い妊婦さんとその母親、この二人が、なんとエスカレーターを降りたその場所で立ち止まり、左右をキョロキョロして改札を探しているようすでした。「こりゃアブナイ!!」と思った瞬間、エスカレーターから次々と降りてくる人に押し倒されてしまった。その母と妊婦さんは「やめてー、ひどいーっ」と叫んでおったが、立ち止まったアンタらが「ひどい!!」のです。エスカレーターは常に動いており、アンタらのあとから次々と人が降りてくるものなのです。人口密度の高い日本の都市で生活をするのならば、自分の後方にも気を使わないと、つまらんトラブルに巻き込まれることも十分ありうるのです。

成年と未成年の境

その昔、男は四十歳くらいで隠居し、五十歳くらいであの世にいってたころは十五歳前後で、「アナタは大人」といわれてた。それが元服ですね。今日では二十歳で成人ということになっておるので二十歳未満の人が犯罪を起こしても成人とは違う扱いを受けております。中にはとんでもない大バカ者もおりまして、「おれ、未成年だから、人を殺しても十年くらいで出てこれるもんっ」などとほざいておる。犯罪が低年齢化し、その内容も実に残虐なものが多くなってきたので、未成年犯罪者に対する判決も今後は厳しいものになっていきそうですな。

ここでちょいと「成人」というものを考えてみたい。辞書によると「大人になること」とある。では大人とは何か。同じ辞書に「一人前に成人した人」とある。一人前とは「大人になったこと」と書いてある。分かりにくい。つまり「成人」、「大人」、「一人前」という言葉はかなりバクゼンとしたものであって、ここからが大人ですっ、といった線引きはないんですな。しからば二十一世紀の今日の日本において、「大人」とは何かを考えてみよう。何を基準にすればいいのか。知能指数とか体の大きさなどではなさそうだ。これほど文明が発達した時代ですから、子供といえどコンピューターを使って金もうけもできれば、ニセ札も作れる。十代でＩＴ企業を起こした人もおる。このような情況になると、どこまでが子供で、どこからが大人なのか。分かりにくい。そこで一つの線引き基準となるのが、「犯罪可能な年齢」ではあるまいか。ホームレスを襲ったり、同級生を殺したり、ニセ札を使ったり、食い逃げを集団でやったりするのは犯罪的に大人です。ひょんなことで偶発的にお友達を傷つけたりするのは子供だけど、これらの犯罪は子供のやることとではありますまい。中学生にもなってホームレスのおじさんをバットで殴ったらどうなるか。分からんほうがどうかしております。これは大人として裁かれてもしかたない。

自分のことで言えば、中学を卒業した段階で、自分はもう大人であると自覚したですよ。経済的にはまだ独立はできてなかったが、自分の責任でバイトをやったり政治運動をやったりしておりましたから、十九歳で経済的にも独立し、大学に入ったときには他の同級生がえらく子供に見えたもんです。国が成人と認めなくても中学を出たらもう大人であるという自覚を持つべきではなかろーか。昔の元服のように。

自転車運転者のモラル

排ガスも出ないし、体を動かすので健康的♡といったイメージが強いけど、道交法によるとその違反行為と罰則はかなりキビシー!! 信号無視くらいなら誰でも「イケナイこと」って分かるけど、何の何の、実はこんなことも立派な違反でして、三か月以下の懲役とか、二―五万円以下の罰金となっておるのです。その「こんなこと」とは……。

一時停止の標識を無視。歩道で歩行者とぶつかりそうになったが、停車しなかった。歩道で歩行者がじゃまなのでベルを鳴らした。片手でケータイを操作しながら乗った。傘をさして乗った。二台、横に並んで走った。無灯火で夜道を走った。二人乗り、または前後に子供を乗せた。

ほんの少し挙げただけですが、自分でも心当たりがあるでしょう。

ただ、今日まで実際に、懲役とか罰金といった例はあまりなかったから、皆さん、自転車ってけっこう自由な乗り物と思ってきたんですね。しかし、これから先はその甘さが命取りにもなりかねない。道交法で、幾ら罰金が定められてるっていっても、警察が本気で取り締まりをしたら、警察機能自体がパニックになるくらいのとんでもない違反件数になることは間違いない。だから警察も自転車に関しては注意を促す程度しかないのが現状です。

では、何がその「命取り」になるのか。これが昨今じわじわと増えてきている自転車による人身事故とその民事訴訟なんですね。

歩道上を時速二十──三十キロで、正に「疾走」している自転車。見通しの悪い交差点に左右確認なしで突っ込んでくる自転車。ケータイメールを打ちながら走ってる自転車。乗ってるアナタに罪の意識はこれっぽちもないだろうし、人を傷つけるつもりなんぞ、全くなかろう。しかし、自転車でそういう乗り方をしていること自体が、実は「傷害」「殺人」の無意識加害者であるということなのです。

自転車はエコロジーであるといった、表面だけをなぞるような思い上がった認識はやめてほしい。駅前に無法に駐輪された自転車がじゃまして車イスは通れないし、目の見えない人のブロック歩道も使えない。古くなった自転車、盗んだ自転車の乗り捨てで街は醜い金属ゴミの山ですぞ。消防車、救急車の通行をじゃまするのも無法駐輪です。今日、最も運転者のモラルの低い乗り物が自転車であると断言できるのです。

自転車保険を掛けますか

ある町で歩行者がスピードを出して走ってきた自転車にはねられ、打ちどころが悪くて死亡してしまった事故があったと報道で聞いてます。これから増えることは、まず間違いないと思える自転車事故です。まず、道交法で自転車側に罰則。そして過失致死が適用されたのだが、問題は民事のほうでした。死亡させられた側の遺族は黙ってられない。賠償金はかなりな額で争われるだろう。これまでは歩いていて自転車にぶつけられた……といっても「まあまあ、大したことじゃないから……」くらいで済ませてきたけど、今後はもっとシビアになるでしょう。なぜか。第一にいえるのが、老人人口が増え、幼児人口が現在少ないということです。

老人は敏捷《びんしょう》な行動が取れない。フラつきやすい。誰でも言われりゃ分かることだが、歩道を疾走する自転車の若者は、そのお年寄りにぶつかって、転ばせて、頭をアスファルトで強打させて、死亡させて、初めてそれに気がつくのです。十歳でも九十歳でも人の命に差はありません。今後老人が増えれば、自転車で「はねてしまう」確率はずっと高くなり、民事で訴えられることも多くなる。

また、老人だけでなく乳幼児も、自転車事故で死亡させられたら親の怒りはすさまじいものになり、これまた、民事で、トコトン責められるでしょう。このように事故の被害者になってしまう交通弱者が多くなってきた今日の社会で、加害者になってしまう側の自転車は？　というと、ますます性能がよくなり、スピードも出るようになってきた。私の乗ってるロードスポーツ車も時速五、六十キロくらいは出るし、電動アシスト自転車もかなりスピードは出る。その反面、車検なんぞないから、ブレーキ等の整備はおろそかになっている。軽い気持ちで、のんきに自転車こいでると、いつ「過失致死」の加害者になるやもしれんのが現状なんです。いざ裁判になると、ウンザリするくらいの時間や手間、お金がかかり、仕事も家庭も将来も失ってしまうこともある。もはや他人事ではない。

よそ見しながら「歩いて」いた若い人が、目の前の老人にぶつかり、老人は転んでその後、車イス生活になってしまった。そのぶつかったよそ見歩きの若い人がやはり民事で訴えられ、高額の賠償金、慰謝料を払う羽目になった。これ、二〇〇六年のことです。自転車事故で裁判になるのが当たり前となるかもしれない。せめて対人保険くらいは必要かもネ。

たばこの受動喫煙を防ぐ法

一九七〇年代、「煙草《たばこ》のけむり」（CBS・ソニーレコード　七三年）という歌を五輪真弓が歌っておりました。あれから約三十年、今日では右を見ても左を見ても禁煙だらけで路上禁煙、歩行中禁煙も当たり前になってきた。イヤ、もうすでに喫煙所を探すのが大変なくらいですな。喫煙者の中には「やり過ぎ」との声もあるが、逆にいうと七〇年代までが、あまりにタバコに対して寛容過ぎたのではなかろーか。

私はたばこの煙に弱い。ヘビースモーカーの人の近くにいると頭がクラクラしてきて、しまいにゃ吐いてしまう。一升酒を食らっても吐かない人間なのに……。だから喫煙者の多いところにはまず行かない。外食をほとんどしないのも、外の居酒屋へあまり行かないのも一つにはタバコの煙に弱いからなのよ。

うまい酒、うまい料理を味わっていても、煙が流れてくると味がボヤけてきて、そのうち、うまいはずの酒が苦くなったり、芳香が消えてしまう。主に食文化の研究をして、いろいろな料理を作り、食べてみる仕事をしてると、たばこの煙は禁物なのです。だから、うちの仕事場では当然禁煙……としておるのだが、喫煙者の大半が「このうちの中で吸わなきゃイイ」と思い込んでるので困ったもんです。

うちに来る直前、目の前の公園でたっぷり吸ってから入ってくるのは全く煙に対する認識不足です。多くの人々はたばこの煙は気体だから大気に混じって消えて無くなる、と、こう思いがちだが、煙は固体なのです。小さな粒子が空中を舞っておって、それらは消えて無くならず、そこいら辺に付着する。タバコを吸う人の部屋がヤニで汚れるのがその現れですね。だからタバコを吸った直後だと、その人が呼吸するたびにかなりの量の粒子が飛び散っておるのです。これも受動喫煙の一種でありましょう。

何もそこまでとおっしゃる喫煙者のアナタ、足を踏んでる人には踏まれてる人の痛みは分からない。アナタの肺がヤニで汚れ、脳梗塞のリスクが高まることは、アナタ個人のことですが、吸わない家族や小さな子供、職場の皆様にとってはメーワクなのです。ベランダでタバコを吸ういわゆるホタル族と呼ばれるかたも、そりゃ室内で吸うよりゃよかろうが、火を消した後、スグに部屋に入っては効果も少ない。煙の粒子をできるだけ肺から吐き出しましょう。

しかし、私のように自宅で研究、料理を行い、文章を書く仕事なら煙を避けられるが、喫煙者の多い職場のかたは、大変だろーなー。

聴いてもらえる話し方

お仕事の打ち合わせ、何かの企画のプレゼンテーション、乾杯の音頭、これらで長々としゃべられると本当に嫌になってしまう。特に場慣れしていない人の長いスピーチや、何をやりたいのかがいつまでたってもハッキリしないプレゼンテーションなどは拷問であります。しゃべりたいのはアナタだけ。聴きたい人はほぼいない。仕事の打ち合わせで先方からプレゼンテーションを受けるとき、まず結論から言ってもらうことにしております。下手なプレゼンテーションはやたら前置きが長く、いつまでたっても、「だ～か～ら～、何をやろうとしてんだよう!!」なのです。

例えば食育の本を出版しようという企画であれば、「実用性重視で、特に父と子に絞り、イラストを一ページ一枚入れて全百項目、約二百ページ」。これが最初ですね。その次に今日の食育ブームの現状分析、そしてなぜ食育が注目されているのかを展開する。ところが多くの編集者はこの逆コースでプレゼンテーションを展開しております。食育がなぜ必要なのかを話し始める（だから、何を出版したいんだろ？　分からん）。

次に今日の食育情況を話し始める（だからアンタは何を作ろうとしとるのか。早く言えっ!!)。いいかげん眠たくなる前置きをしてからやっと「父と子の食育本で……」となる。これサイテー。プレゼンテーションは最初の一発で相手の心臓をわしづかみにするくらいのインパクトを与えなければイケナイ。だから最初に「何をやるのか」をぶちかまして一同をワクワクさせる。こうすれば、その後に話す現状分析なども納得させやすいのです。

プレゼンテーションでも、スピーチでも、大切なのは、時間を正確に管理すること。しゃべってる本人はまだ二、三分のつもりでも、実際にはその倍の時間がたっているものです。アナタが落語家でもない限り、アナタの話を聞きたがる人は、まずいないという前提に立つことだ。私は食生活改善等の講演を数百回やってきたが、常にテーブル上に時計を置き、話がダレて聴衆が眠くならぬよう、五分単位で話に波をつけてきました。もし、何らかのスピーチ、プレゼンテーションを引き受けることになったら、時間だけは常に自分で管理することです。講演会の終わりごろによくある質疑応答でも質問者の話の長さにはへきえきする。最も大事なことをまず伝えよう。「あまりに寒いから、カゼ引くといけないと思ってえ、マッチを擦ったんですネ、そしたら、その火がこたつブトン、あっ、コタツの上掛けに移っちゃってえ、消そうとしたんだけどー、そのまま、おうちがー」。バカヤロー!!「火事だー!!」とまず言わんかいっ!!

チカンにならない法

よく、講演を頼まれて関西方面へ出掛けるのですが、大阪の電車に乗ってたら、いきなり、「この人、チカンですぅぅー」という若い女性の声が上がった。同じ車両で、五、六メートルしか離れていない所だったんで、一瞬、ドキッと（しなくてもいいのに）したんですな。ギューギュー詰めってほどじゃないが、やや込んでる状態でしたね。二十代の会社勤め風の女性が三十代のサラリーマンのカバンを持った手をつかみ「あんたあ、カバン持ったこの手の指で触ってたやろっ」とすんごいけんまく。サラリーマンは「誤解や、込んでるさかい、カバン持った手が、電車が揺れたときに当たったかもしれんが、触ったりしてませんて」「何、言い逃れしてんねんっ。次の駅で降りてぇ、逃げたらあかんよ。他のお客さんも見とったハズやし……」（こ、怖いなぁ。五、六メートル離れとって、よかったあ）。ひとまず、ホッとして成り行きを見ておったんだが、会社勤め風が、幾ら騒いでも、「見ていた」人はだーれもいない。彼らの近くにいた数人も「いやー僕は全然分からんし、窓のほう見とったさかい……」、「さあ……。隣に立ってたけどあたしは気がつかなかったわねー」。つれない反応ですわ。次の駅で二人は降りたが、その先どうなったことやら……。

しかし、この電車チカンは「デッチ上げチカン」というのもあることを知っておこう。あらかじめ目撃者役を決めておいて、ありもしないチカン事件をデッチ上げ、お金を脅し取る。中には十代の女の子たちがしかけることもあるそうだ。たまったもんじゃない。こんなデッチ上げチカンにかかわってしまうと、無実を証明するのに時間と労力と金をつぎ込まねばならなくなる。バカバカしい。だから、込んだ電車に乗る場合、なるべく女性の近くには行かない。女性には背を向ける。そして、つり革は両手でしっかりつかむ。つり革を両手でつかむっていうのが、デッチ上げチカン屋には、とてもやりにくいケースなんですと。両手を高々と挙げ、しかもその両手は、周りの人の目にも留まりやすい。こんな人を相手に「この人、私のおしり触ったのー!!」と言ったたって、「エッ、どの手で……?」と返されたら、ハメることはできないからだ。かつてスケバンやってたある女性からこういった話を聞かされて以来、つり革は、両手でしっかり持つ、小心者のおいさんでした。

えづけがもらたすもの

生きてる以上、何か行動を起こせば、必ず何かが起こる。たとえ本人が気がつかなくても、大変迷惑を被ったり、逆に喜ばれたりしているものだ。その辺の石ころを一つ手に取ってポイと投げただけでも、ありにとっては一大事かもしれないし、ポイされて落ちてきた石のために命を落とす小動物がいるかもしれない。こんな、目に見えないところでも何かが起きているのだから、ハッキリと見える野生動物の世界ではとんでもないことが起きておるのです。「お猿さん、カワイイねー」とか、「ホーラ、しかですよう。バンビちゃーんってエサ、上げてごらん」。大人が小さな子供にエサを持たせると、猿やしかが寄ってくる。犬や猫のように人間から見たらカワイイものではある。子供に動物を見せればそりゃ触れてもみたくなるだろうがエサはイカンです。子供が大人になってゆく過程でいろいろな知識を着けるのと同じように、野生動物も学習するんですね。アフリカの大地を駆け回っていたきりんや象でさえ、飼い慣らすと、係員がエサを持ってくると近寄ってくる。あのバケツをあの人が持ってきたらお昼ご飯だ……と認識できるようになる。だから日光の山猿も宮島のしかも「人間はエサをくれるもの」と信じている。これがエスカレートすると「人間は食べ物を持っている。だから襲ってでも取る」になり、「人間の住む所には食べ物がある」と認識して畑や家の冷蔵庫まで襲うようになる。こうなると人間とて「カワイイ」などと言ってはいられない。カワイイが害獣となるのです。

人間が自らの食糧にするために野生の動物を飼い慣らし、そのミルク、卵、肉などを頂いてきた。また、生活に潤いを持たせるためにペットとして犬や猫、鳥などを飼ってきた。これらには長い歴史があって、その中である程度のルールができ上がっておる。首輪でつないでおくとか、糞処理とか……。つまり、飼う側の責任が社会通念になってるから大事には至らない。しかし野生動物へのエサやりにはこれっぽちの責任感も見られんのです。はとも、しかも、たぬきも「カワイイ♡」のエサやりでどれだけ繁殖力が向上したことか。自然界のエサだけなら繁殖もそこそこだが、人が与えると過剰繁殖を起こし、もう野生に戻ってエサ探しもできなくなる。そしてしまいにゃ人を襲う。観光地で野生動物にエサを与えてる無責任な人々は、そんなに見たきゃ山奥へ行きなさい。野生動物へのエサやりは、とんでもなくたちの悪い環境破壊だったんだ。

ステカンの針金が目に……

「オープンルーム。目黒三丁目　２７８０万円　築１０年、改装済、必見‼」

うちの近所の電柱に縛りつけてあったステカンの文句です。ステカン＝捨て看板、文字通り電柱などに取り付けるものの、ほぼ回収はしない看板です。まだこんなのはマシなほうで、えげつないのが風俗ステカン。エッチな言葉がどぎつく書かれ、五十―百枚単位で取り付けられている。もちろん違法ではあるが、バイトのニーチャンたちがゲリラ的に取り付けるので取り締まりもほとんどできていないのが現状だそうだ。おいさんは教育委員会でもないし、風俗ってものにもまーったく興味がないので、「くだらねーことするアホがおる」くらいしか見てなかったのだが、あのステカンの針金には怒っておるのです。

電柱には住所表示板や広告板が取り付けられておりますが、それらを留めているのは金属製の平べったいベルトです。仮に人がぶつかってもケガをしないよう、ベルトの端も表面に出ないようになっておる。しかしステカンの取り付けには節度がない。どんなところにでも素早く取り付けられるようにステカンには最初からかなり長めの針金を二本取り付けてある。このステカンの束を持ってバイト君は電柱につけて回るのだが、こいつら、違法であることを知ってるから、できるだけ早く現場を離れたい。だから針金を電柱に巻きつけたらその二本をキュッと一ひねりしてオシマイ。サッサとずらかって次の電柱へと移ってゆく。つまり長い針金のひねった先が二本、空中にブラブラしとるわけだ。長い物は四十センチもある。ステカンは目につきやすくするため、大人の目の高さより下に取り付ける。中にはガードレールにつけるやからもおります。そうするとだ、その針金の先っぽが二本、子供の、イヤ大人にとっても顔の高さにあるのです。顔には目がある。この針金は目にとって凶器以外の何ものでもない。

「そう、都合よく目に刺さるなんて……」と思っとるならこのおいさんを見たまえ。まさか!!　と思った針金が、見事、左目の真ん真ん中にグサッと刺さったのぢゃ。ほんの一瞬、手にした針金の束から伸ばそうとしていた針金の端っこを放してしまったら、よりにもよって左目にグサリですわ。せめて鼻からほっぺに……と思っても後の祭り。じゃから言うのぢゃ、ステカンはやめろっ!!　お前の息子がステカンの針金で目をつぶすことも考えてみろっ。相変らずステカン張ってる愚かなバイト君、「ステカン張ると、目がつぶれるぞっ!!」

公務民営化で変わるもの

公務員や準公務員、公団職員等の仕事ぶりに今日ほど腹を立ててる人が多くなったのは、これまでにありますまい。青森県の男は何十億円もネコババして、南米の女に貢いじゃった。社会保険庁は年金用の金をかってに流用したあげく、年金制度は実質的に破綻してると言いきってもいいとあたしゃ思ってる。

民間会社なら経営陣はその責任を取らされ、財産没収になることもあろうが、公務員の場合、どーも責任の所在がウヤムヤにされやすい。組織も個人も危機感が無いんじゃなかろーか。そんなもんだから営業努力をしようとしない。横柄な態度が抜けきれない。税務署、区役所、警察、これらの組織、中の個人、共に接客態度が悪い。口のきき方などはよくなってるが、自分に与えられた業務のみにしか対応せず、他のことに関しては窓口たらい回し作戦に出るのです。言葉は丁寧だが親身にはならない。こういうのを慇懃無礼という。これらの組織は競合他社が無いのでどうしても殿様商売になるのだろう。同一区内に区役所が二つあって、共に競い合えば、サービスもよくなるだろーに。小泉さんではないが、この先、これまで公的と思われてた業務がどんどん民営化されてゆくと思う。民営化することによって仕事のミスが生じやすいとか、学校給食の質が低下するなどの声があるのも事実だが、業務の質を向上させたければ、職員の給料を上げることと、規則違反、背信行為に対する罰則を厳しくすることだ。鉄道におけるキセル乗車に正規運賃の三倍くらいを罰金として取るように、横領などの罰金を極端に増やしちゃおう。それにいきなり実刑判決を出すくらいすべきだ。その厳しさに見合うだけの高給を与える。こうすることでより責任感を持たねば務まらない職場となるんです。

社会保険庁が組織ぐるみで年金用の金を流用して保養施設を作ったり職員住宅を作ったりしているが、職員にしてみれば、「発覚するころはあたしゃ定年だし……」くらいにしか考えてないいんじゃなかろーか。どこぞの役所では組織ぐるみで作ってたウラガネがばれそうになったもんだから、五百万円ものお札を焼却処分したんだと。この役所の全職員のレベルの低さにはあきれる。過ちを認める勇気すら公務員になると失うらしい。イヤ、あったら務まらんのが公務員なのかもしれない。今日も今日とて公費を使っての飲食は行われている。公務中だろうが休みの日だろうが人間は食事をする。それに公費を使って当たり前と思ってる自分のあさましさを知るべきだろう。

電車遅延時に求めるのは

私事ですが、東京のＪＲ中央線に週に一回は乗っております。私事ですが武蔵境という駅まで行くためです。たびたび私事でスマンのですが、この町にスコブルうまい、それもマイナーな蔵の酒を集める酒販店があるから行かざるを得んのです。そんな私事でよく乗る中央線ですが、こいつがしょっちゅう事故だの何だので止まったり大幅に遅れたりするから困ったものなのです。そりゃ人間のやることだから事故もしかたがなかろう。しかし問題はそこから先の対応が極めて不親切ということ。一つ先の駅で事故が発生すると、後続車両は途中の線路上で停止します。当たり前。しかし、ＪＲの車内アナウンスがよくない。「ただ今処理中で、もうしばらくお待ちください」といった内容ばかり延々と繰り返す。乗客としては「もうしばらく」を具体的に知りたいはずなのに、やたらバクゼンとした、「もうしばらく」を繰り返してんですね。そりゃ職員としても五分で復旧可能なんて予想はつくまいが、あと五分たっても復旧できなければ、鉄道の規定によって線路上を歩いてもらうことになると言ってほしい。終わりの見えない車内閉じ込めは不安だらけだが、あと何分で次の行動、と言ってもらえば待つ気にもなれる。

先日は武蔵境のホームに行き、次の東京行き電車の電光掲示を見ると、17：00となっていた。腕時計を見ると17：45。？？

とうとう時計が壊れたかと思うたがそうじゃない。駅の時計も17：45になっとる。アナウンスを聞いてやっと分かったんだが、どこぞの駅で事故があったため、ダイヤが乱れとるそうだ。一時全面ストップだったが、今はもう全線流れている、だけど大幅に遅れているということらしい。だったらもう次の電車が武蔵境に到着する時間だって分かるハズだから掲示板に出す時刻は実際に電車が来る時刻を載せてほしい。確かに小刻みなダイヤで列車を運行させておるし、そのダイヤに基づく表示はコンピューター管理だから「建前」の時刻を「実際の時刻」に切り替えるのは即できるものではあるまいが、駅員ならあと何分で快速東京行きが到着するかは分かってるハズ。それをアナウンスするのが親切ってものでしょう。しかし武蔵境のアナウンスは「もうしばらくお待ちください」としか言わなかった。五分なのか、三十分なのかバクゼンとしている。謝まればいいってもんじゃない。乗客の最も知りたいことに全く気がつかないのがフツーの職員だとすると、いずれ大事故も起きそうでコワイ。たかが酒を買いに行くくらいで命は落としたくないものぢゃ。

命は一つ、人生は一回、なのだ（あとがきに代えて）

つくづく、小心者だなぁ〜、と思う。ひたすら用心深いうえ、疑い深い。他人からもうけ話を聞かされた日にゃ、正に友情を裏切るんではないか‼ ってくらいまで「裏」を取ってしまう。しかし、悲しいことに、それらがほぼ「間違ってなかった」という結果を出してくれておるのです。

「話せば分かる」、「本当に悪い人なんていない」、「人は皆、もともといい人なのだ」、なんちゅうキレイごとを信じたい人は信じてもらってかまわんが、おいさんは、絶対にシ・ン・ジ・ナ・イ。

命は一つ、人生は一回、なのだ。

本当に命を懸けられることをやって死んでゆけるのなら、それはそれで、シアワセな人生と呼べるのでしょう。しかし、「イヤ、そんなハズじゃ……そんなつもりじゃ……」と幾ら言っても、取り返しのつかんことってありますぞ。特に近年では、社会が複雑化しておりますから、自分の考えとは裏腹に、他人によって人生をもてあそばれてしまうことも多くなってきた。ワシらの回りに、「アブナイ」が、うじゃうじゃ出現してきておるってことなんです。

だましたやつばかりを責めるだけじゃダメ

「必ず○○円もうかるんです!! そのためにまず、これを購入してください」

「この株を買えば、必ずもうかります」

「銀行に預けるよりも、ずっと利回りがいいんです」ｅｔｃ……。

家にいても、渋谷を歩いていても、必ずこんな甘い言葉がかけられてくる。それが今日の日本でしょう。他人《ヒト》の欲望をうまくつっついてくるんですな。こうすれば、こんなにもうかる♡……このキャッチでどれだけの人がだまされているだろう? 人はだまされ、痛い目に遭って、やっと「だまされたっ!!」と気づくのです。そして被害者ヅラして、「罪の無い老人をだますなんて……」と訴える。悪いけど、はっきり言っちゃおう。「欲に走ったおまえにも罪があるんぢゃ!!」。だましたやつばかりを責めるだけじゃダメよ。あんたの欲ボケも責められてしかるべきでしょ。現代ニッポンの「アブナイ」の大半は、ごくごく普通である人たちの欲ボケをねらったところに潜んでおるように思えるのです。本当にもうかるのなら、他人に言わず、自分でやるはずだろ?

ライブドアのような、言ってしまうと「虚業」のような企業の株を、素人がネット上でドンドコ購入する。正に危険極まりないことに我も我もと飛びつき、刑事事件になるや否や、皆して、「だまされた。責任を執れ。株主の権利を守れ」と言う。正に平和ボケしたニッポン人の姿です。サギ師、ペテン師から見たら、何ともくみしやすい国民ではなかろーか。

文明の進歩は犯罪の進歩

今日では小学生でもニセ札が作れる。二十年前は、ニセ札作りはとんでもなく高度な技術が必要だったんだが……。他人のキャッシュカードを一分間預かれば、データを盗み出せ、そのカードなしでも、お金を引き出せる。便利になった分だけ、犯罪も容易になった。

交通機関も進歩し、自動改札、エスカレーター、高速道路等が便利になればなるほど、そこに「危険要因」も増えてくる。エスカレーターを降りたところでの立ち止まりに追突する人の事故も、すでに生じております。自動改札でミスが発生したとき、後続の人とのぶつかり事故もけっこうある。今のところ、それが殺人事件にまではなっていないらしいが、ケンカになったのは実際あるのです。

おいさんが本業としている食生活においても、二十一世紀、安全性はますます怪しげになってきております。BSE、遺伝子組み換え食品、添加物、農薬……。そんなものに囲まれた中でワシらニッポン人は生きていかにゃならんのだ。もちろん食品を生産する人たちにはっきりとした悪意があるわけではないのだが、結果としてこっちにダメージが来るんですね。となるとだ、責任の所在もハッキリしなくなってくる。何か事が起きたとしても、これまでに誰も予測できなかったことが原因だったとしたら、その責任は誰に問えばいい？　文明の進歩によって、これまでに無かったことがらを我々は体験するわけだから、予測できない危険が潜んでいてもおかしくはないんですね。

スゴイ速さで更新し続けなければならない安全対策

二〇〇六年、この一年間の社会で起こったトラブルを見ただけでも、多くのアブナイ人がごろごろしております。夕張市の財政が破綻しちゃったけど、つい昨日まで、「まだまだ再生可能」なんて寝言をほざいておった。それと同様に、この国の年金制度は、事実上、崩壊しております。ノーテンキなお抱え学者が、「いや、まだ再生可能で……」とか言ってるが、事実上の崩壊でしょ。三十年前は老人一人を、働ける十三−十四人が支えてた年金制度だが、今日では三−四人で支えておるし、二十年後には一・五人で支えるってことになりそうよ。今の二十代の若者にとっては年金って払うだけでリターンの至って少ないものじゃないの。だったら若いうちにお金をためといて、老後用の積み立てを「個人」でやっておくほうがよっぽど安心できるってもんでしょう。

本書を書くに当たり、国が言ってるような「タテマエ論」は、無視しました。現在のニッポンで働き、稼ぎ、買い物をし、家族を養っている、ごくフツーの社会人として、どう生きれば、どう暮らせば安全か、を考えてみたとです。

世の中、人類が経験したこともないくらいのスゴイ速さで文明が進歩しております。十年前は珍しかったケータイも、カメラがつき、TVがつき、今じゃパソコンそのものになってきた。文明の進歩には必ず犯罪・危険もついてくる。となると安全に暮らす手段にも変化が生じるものです。安全暮らしのマニュアルも常に更新し続けなければならないのが今日のニッポンの姿なのでした。

プロフィール

魚柄仁之助（うおつか・じんのすけ）

一九五六年生まれ。福岡県北九州市出身。生活研究家・作家。

学生時代に二輪店を経営。その後、東京で、古道具屋、中古楽器店などを経営しながら人間観察や独自の食生活研究を始める。現在は、日本各地での講演や、執筆、悔いのない人生を送るためにすべきことを日々実践し、研究を続けている。

主な著書に『うおつか流　台所リストラ術　ひとりひとつき9000円』（農山漁村文化協会　一九九四年）、『ひと月9000円の快適食生活』（飛鳥新社　一九九七年）、『元気食　実践マニュアル155』（文藝春秋　二〇〇一年）、『うおつか流　豊かな時間の使い方　チャンスをつかむ、関係を作る』（光文社　二〇〇二年）、『知恵のある　和の家　和の食　和の暮らし』（主婦と生活社　二〇〇五年）がある。

近著に『うおつか流　大人の食育』（合同出版　二〇〇六年）などがある。他、著書多数。

テレビドラマ『おかわり飯蔵』（テレビ東京　二〇〇七年）の原作者。

著者公認ウェブサイト：http://www.ne.jp/asahi/uotuka/official/index

うおつか流《りゅう》　あぶないニッポンで
安全《あんぜん》に暮《く》らすためのヒント100

●定価はカバーに表示してあります。

2007年3月23日　初版発行

著　者　魚柄仁之助《うおつかじんのすけ》
発行者　水野　渥
発行所　株式会社日貿出版社
東京都千代田区猿楽町1-2-2　日貿ビル内　〒101-0064
電話　営業・総務（03）3295-8411／編集（03）3295-8414
FAX　（03）3295-8416
振替　00180-3-18495

印刷　大日本印刷株式会社
イラスト　上田みゆき

ISBN 978-4-8170-8117-9

http://www.nichibou.co.jp/
落丁・乱丁本はお取り替えいたします。

ころばぬ先のツエともいえる
ヒント100
ヒント100役立つよ
ころばぬ先のツエともいえる